DARIUS-CODOMAN,

TRAGÉDIE

EN CINQ ACTES ET EN VERS;

Par le Citoyen DEVINEAU.

Imprimée d'abord chez Cellot, père, rue
Dauphine, puis chez Cailleau, père, en
M. DCC. LXXVI, et réimprimée en l'an XI,
avec des augmentations considérables.

A PARIS;

Chez { L'Auteur, rue du Four St.-Honoré, n°. 10;
Petit, Libraire, Palais du Tribunat, galerie
vitrée.

AN XI. — 1803.

PERSONNAGES.

ALEXANDRE-LE-GRAND, roi de Macédoine.

DARIUS-CODOMAN, roi de Perse.

STATIRA, femme de Darius.

STATIRE, fille de Darius.

ARTABASE, prince du sang, confident de Darius.

CORMAS, solitaire de Médie.

BESSUS, satrape de la Bactriane. } conspira-

NABARSANE, confident de Bessus. } teurs.

CÉPHIRE, suivante de Statire.

CLITUS, ami d'Alexandre et l'un de ses généraux.

SOLDATS GRECS.

La Scène est aux pieds des montagnes des Uxiens, près du camp d'Alexandre.

DARIUS-CODOMAN,

TRAGÉDIE.

ACTE PREMIER.

SCÈNE PREMIÈRE.

ARTABASE, CORMAS.

ARTABASE.

Oui, voilà les malheurs où la Perse est réduite.
De Darius vaincu je vous montre la fuite.
Et jusqu'ici, les Grecs, accourus de leurs mers,
Trois fois victorieux, ont mis la Perse aux fers.

CORMAS.

Et jusques dans ces lieux où les bords du Bumèle
Arrosent de ses eaux les campagnes d'Arbelle,
Le trône des Persans, dans les mains du vainqueur,
Ne retient plus qu'un nom de sa vaine splendeur.
Malheureux Codoman, roi que Cirus dénie,
Mais dont le sort encor est bien digne d'envie;

1 *

Et vous, chers à mes yeux, ô Patrie! ô Persans!
Voilà donc les efforts de vos coups impuissans?
On vit fleurir les lois de cet empire immense!
Cirus le fit; il est maintenant en démence :
J'ai donc prévu ces maux.

ARTABASE.

Vous, Persan! et comment?....

CORMAS.

Vous pourrez le savoir dans un autre moment,
Guerrier, ne tardez pas de rejoindre l'armée.
Le vainqueur, qui par-tout répand sa renommée,
Pourrait bien vous surprendre arrêté dans ces lieux.
Ce foudre soulevé par un vent furieux
Qui répand la terreur par-tout sur son passage,
Ne paraît qu'un rocher détaché par l'orage
Qui ne voit plus les lieux dont il est séparé.
Quand Alexandre aura dans ces lieux pénétré,
Que d'une épaisse nuit les voiles étendues
A peine couvriront nos traces éperdues,
Venez....

ARTABASE.

Je vous entends. Mais, Persan généreux,
Ici votre destin deviendra malheureux.

CORMAS.

Je crains peu les mortels. Dans les Dieux est ma cause.

TRAGEDIE.

ARTABASE.

Quoi! même votre mort !...

CORMAS.

Est pour moi peu de chose.

ARTABASE.

Eh ! lorsque de ces lieux approche l'ennemi,
Vous paraissez montrer un cœur plus affermi !
Et quand de bras cruels, l'effort joint à l'injure....

CORMAS.

Ils feront ce qu'en moi doit faire la nature.
Mais allez, craignez peu que leurs mains sur mes jours,
Pour assouvir leur haine en terminent le cours.
Mon sang serait pour eux une faible victime ;
C'est contre un autre ici que leur cœur qui s'anime...
Mais! qu'entends-je déjà, quel bruit jusqu'en ces lieux?
O ciel! ce sont des Grecs les pas tumultueux....
Ne tardez pas, fuyez....

ARTABASE.

O vieillard vénérable !
Comme vous je les vois ; leur trace est formidable.
Sur ces monts réunis, en forme de bûchers,
Je vais suivre ma route à travers ces rochers ;
La cime en est immense, effrayante et terrible :
Hélas! j'en vais risquer le passage pénible;
Le lieu le plus sauvage et le plus désastreux

Est la seule ressou ce au cœur du n a heureux.
J'apperçois Alexandre : ô vieillard ! je vous laisse.

(il sort.)

SCÈNE II.

ALEXANDRE, CORMAS, SOLDATS GRECS.

ALEXANDRE.

AMIS, où sommes-nous ? Et quelle ardeur me presse ?
Qu'à mes pas triomphans s'arrête la terreur :
Faites régner la paix en place de l'horreur ;
Ajoutez-y ma gloire au bonheur qui m'inspire
Dans ce séjour égal à l'air qui s'y respire,
C'est donc encor en vain que parmi les vaincus,
On y cherche par-tout les pas de Darius ?
Mais je vois de ces lieux un habitant sauvage.
A le savoir de lui bornons notre courage.
Possesseur de ces monts que glacent les hivers,
Darius aurait-il, auprès de ces déserts,
Suivant avec les siens une route inconnue,
Porté jusques ici sa démarche éperdue ?
Du vainqueur des Persans reconnaissez les droits.

CORMAS.

Je les dois ignorer aussi bien que ses lois.
Sans trahir mon pays, je ne puis vous apprendre
Ce que le roi des Grecs ose de moi prétendre.
De mon sang vous pouvez ternir mes cheveux blancs.

Mais si vous respectez le reste de mes ans,
C'est de vous éloigner de ce lieu solitaire,
Et m'y laisser servir la loi que je révère.
De ma patrie encor je chéris les débris,
Et ne connais de droits que ceux de mon pays.

(*Il sort.*)

ALEXANDRE *aux siens.*

Grecs, dans ce lieu paisible habite la sagesse.
Elle est dans ce vieillard : qui l'offense me blesse.
Respectez cet égal dont je brise les fers ;
Ses jours, ainsi qu'à moi, doivent vous être chers.
Montrez-lui la clémence; elle est digne du sage :
La terreur fait frémir où règne le carnage.
Assez et trop souvent pour seule inimitié,
La terre de son sein a banni l'amitié.
Soldats, ainsi que moi, dans ce climat barbare,
Pour ma gloire et l'honneur que rien ne vous égare.
Dans ces champs dont mes pas ont percé les forêts,
De même en pénétrant tous leurs replis secrets,
Clitus approche-t-il de ces rochers, leurs antres
Que mes mains ont purgés des monstres de leurs centres.

UN SOLDAT GREC.

Dans leurs détours obscurs, à quelques pas d'ici
Il pénétrait, dit-on.... Mais, seigneur, le voici.

ALEXANDRE, *aux Grecs qui se retirent.*

A mes ordres, dans peu, vous rejoindrez Cratère.
Sur ces monts escarpés que le soleil éclaire,

J'ordonne que l'on reste, et que vers les vaincus
On soit prêt à marcher.

SCÈNE III.
ALEXANDRE, CLITUS.

ALEXANDRE.

Eh bien, mon cher Clitus,
Q'avez-vous pu savoir ? faudra-il que j'ignore
Si Darius n'est plus, ou bien s'il vit encore ?
L'un de ces bruits, par vous, peut-il m'être assuré ?...

CLITUS.

Sa fuite et son trépas, tout nous est ignoré.
Dans les plaines d'Arbelle, au moment que la gloire
Allait à tous les Grecs annoncer la victoire,
Et que nos pas par-tout répandaient la terreur,
On dit qu'il s'est montré; mais que dans sa fureur,
Tâchant, par un effort qu'animait son courage,
De rappeller en vain ses soldats au carnage,
Il a, dans son dépit, brisé ses javelots
En tombant de son char aux pieds de ses chevaux.
Et je pense, ce jour, que maître de l'Asie....
Mais que vois-je ! votre ame, interdite et saisie,
Paraît, même à ce bruit, répandre que'ques pleurs !
Et d'un roi fugitif déplorant les malheurs....

ALEXANDRE.

Dieux ! il n'est que trop vrai, combien j'ai peine à croire,
Que mon âme gémisse encor d'autant de gloire,

Où se verse le sang il est bien des forfaits;
Peut-être en montrerai-je un jour bien des regrets!

CLITUS.

Et par un tel penser qui surprend mon courage,
Quel qu'ait de Codoman été pour vous l'outrage,
Vous plaignez un destin sur qui le sort se tait,
Et semblez regretter ce que vous avez fait.
Je ne puis qu'applaudir à ce cœur magnanime
Qui pour un ennemi cèle au soin qui l'anime,
Et veut même épargner le courage vaincu
D'un roi si justement sous vos coups abattu;
Mais ainsi vous voyant à vous-même contraire,
Me sera-t-il permis d'ouvrir un cœur sincère?....

ALEXANDRE.

Hélas! que Clitus parle au fils d'Olimpias
En ami confident, digne de ces climats.

CLITUS.

Et lorsque pour surcroît, un cri de la victoire
Vient de se déclarer en vous couvrant de gloire,
Vous voulez que moi-même, à peine dans ces lieux,
Je fasse un long récit.

ALEXANDRE.

        Oui, Clitus, je le veux.

CLITUS.

Malgré vous, malgré nous, quand pour digne salaire
La Perse a mérité toute notre colère,

Qu'à tant de gloire est jointe, en ces momens pressans,
Notre animosité contre autant de persans.....
Ne soyez point blessé si mon âme sincère
De toute vérité vous fait un long mystère.
Du moment que je vois, à ce que je redis,
Que vos sens inquiets, stupéfaits, interdits,
Ecoutent par droiture une sage clémence;
J'y consens, oublions une juste vengeance,
Et les lois de la guerre et celles de l'horreur,
Inimitié, couroux, haine, dépit, fureur,
Moins barbare qu'humain, et moins fier que sensible,
Que n'en puis-je abréger tout souvenir pénible!
Mais je ne le saurais, puisque Clitus est mis
Par le vainqueur du tigre au rang de ses amis.
Pour vous-même, pour moi, trop vaillant Alexandre,
Ne l'oubliez jamais, vous pourriez vous méprendre;
Ecoutez tout au moins contre un tel ennemi:
Certes, pour ne vous point le redire à demi
Je commence. Sachez quand jadis dans Athènes,
Un homme en son pays sut en briser les chaînes,
Que la Grèce, plongée en un calme profond,
Fut bien loin de penser qu'un jour tant de renom
S'étendrait par-delà les champs de la Syrie?
Lorsqu'un prince accouru des rives de l'Asie,
En troublant le repos par ses soins menaçans,
Fit voir à l'Hellespont l'étendart des Persans,
Et conduisant en Grèce une armée innombrable,
Remplit soudain ses bords d'une alarme effroyable.
Athènes vit l'espoir d'un roi plein de renom,
Lui montra ses soldats aux champs de Marathon,

Et d'un trait de valeur qu'à peine l'on peut croire,
Re ta victorieuse, au comble de sa gloire.
Hystapes fut chassé des champs Athéniens,
Et contraint de s'enfuir aux bords Ephésiens.
B entôt après Xerxès, plein d'un glorieux faste,
Trop heureux d'être roi d'un empire aussi vaste,
Au sein de Babilone annonçant ses desseins,
Crut par de vains efforts corriger les destins,
Couvrit de ses vaisseaux toute la mer Egée;
Et consternant la Grèce en sa douleur plongée,
Près de ses heureux bords fut commander aux mers
Leur imposa des lois, et leur donna des fers;
Lorsque de tels efforts, ainsi qu'en Ionie,
Vinrent tous échouer aux champs de Béotie.
Athènes triomphante ayant ainsi vaincu
Un ennemi si fier et sitôt abattu,
En célébrant sa gloire en d'immortelles fêtes,
Allait enfin jouir du fruit de ses conquêtes,
Si le trouble qui naît de la rivalité,
N'en eût troublé le calme et la tranquillité.
Philippe vit alors ce funeste incendie
Tout prêt à dévorer sa plage désunie,
Par qui la Perse aurait jusques dans ses états,
Porté le coup mortel qu'on ne prévoyait pas.
Philippe rallia la Grèce divisée,
Dont la Perse aurait fait une conquête aisée,
Joignit Lacédémone, Athènes, les Thébains,
Et les contraignit tous à suivre ses desseins.
La Grèce étant enfin sous ses lois réunie,
Il allait se venger de la Perse affaiblie,

Quand la mort l'arrêta dans son vaste projet,
Et cette prompte mort vous fut même un sujet
De déclarer la guerre aux rives de l'Asie ;
De soumettre à vos lois une plage ennemie,
Leurs immenses déserts à vos moindres efforts,
Et leurs champs que la mer vient laver de ses bords,
Et cherchant Darius au-delà de son trône,
D'obliger ce roi même à fuir de Babilone,
Et forcer les débris de ses soldats vaincus,
Et lui-même, s'il vit, à se joindre à Bessus.
C'est ce que vous savez. . . .

ALEXANDRE.

Et ce qu'enfin moi-même
J'ai dû faire, Clitus, dans ma douleur extrême,
Lorsque n'ayant pu voir mon père assassiné,
Plus d'un Persan alors de sa mort soupçonné
Fit croire Darius complice de ce crime.
Et que l'horrible auteur d'une telle victime
A ce meurtre ayant joint ma mère Olimpias,
Le juste châtiment du seul Pausanias
Montra cet assassin l'auteur du parricide ;
Ainsi moins pour venger cet horrible homicide
Que pour sauver les Grecs d'ennemis trop puissans,
J'ai cherché Darius, attaqué les Persans.

CLITUS.

Et lorsqu'ayant conquis leurs plus vastes contrées,
Vous avez, franchissant, leurs rives ignorées,
Subjugué sur leurs bords cent peuples d'ennemis,
Qui vous sont demeurés plus qu'aux Persans soumis,

Après tant de succès qui vous ont en Mélie
Ouvert les premiers pas à l'empire d'Asie,
Où toujours la victoire eut pour vous des appas,
Où vous eûtes cent fois dû trouver le trépas,
Un obstacle....

ALEXANDRE.

Oui, Clitus, vient calmer ma colère,
Semble me reprocher tout ce que j'ai dû faire,
Et des décrets du sort m'ouvrant la profondeur,
Sous le nom de pitié tyrannise mon cœur;
Et s'armant d'un objet dont il grave l'image
Dans des yeux qui n'ont vu que l'horreur du carnage,
Revient m'offrir encor ces terribles instans
Où bravant par deux fois les efforts des Persans,
Mon ame de l'amour repoussa la tendresse,
Lorsqu'on eût fait captive une triste princesse
Dont j'ai tâché depuis de soulager les fers,
Et dont j'ai vu de pleurs les yeux toujours couverts.

CLITUS.

Et ce qu'en votre cœur l'amour n'a pas pu faire.

ALEXANDRE.

Oui, la pitié le cause, et je ne puis le taire.
Darius par les Grecs de ses droits dépouillé
Me rappelle un amour plus vaincu qu'oublié.
Pour l'augmenter . j'entends des plaintes trop amères,
Le sang de Darius en proie à ses misères,
Dont le moindre succès augmente les chagrins,
Et double chaque jour le poids de leurs destins.

Une mère, une épouse, une famille entière,
Les larmes d'un enfant qui parlent pour son père ;
Quel cœur, en ce moment, resterait endurci ?
Cependant que je sois d'un tel sort attendri,
Si Darius respire, et qu'il veuille, et qu'il ose
Refuser une loi que le malheur impose ,
Et rejettant encor des droits trop affermis,
Dédaigner ceux des mains des Grecs qui l'ont soumis,
On me verra, Clitus, pour ma gloire et la Grèce,
Trahir mon cœur, mes feux, et vaincre ma tendresse.
Mais déjà qu'apperçois-je : et quel surcroit de pleurs,
Et quels tristes objets en proie à leurs douleurs....
Dieux! fuyons ; laissons-les dans cette solitude
Ignorer de leur sort toute l'incertitude.

(Il sort avec Clitus.)

SCÈNE IV.

STATIRE, CEPHIRE.

CEPHIRE.

Ciel! de quels pleurs encor inondez-vous vos yeux
Fille de Darius! ô sang digne des Dieux !
A l'excès de vos maux n'ajoutez point ces larmes,
Et que ma vue au moins ait pour vous quelques charmes,

STATIRE.

O ma chère Cephire! à quels autres combats
Dans ces tristes déserts a-t-on conduit nos pas ?

CEPHIRE.

Hélas! on dit qu'ici les soldats d'Alexandre
Viennent dans un moment avec lui de se rendre.

STATIRE.

Cher auteur de mes jours, père trop malheureux,
Et toi sort qui jamais n'eut rien de plus affreux,
Puisque tu m'as ravi jusques à l'espérance,
Anéantis, cruel, ma fatale existence!

CEPHIRE.

O Dieux! ne faites point un vœu si criminel,
En attirant sur vous le courroux éternel.
Quelle que soit encor l'infortune d'un père,
Le destin des Persans, et le sort de la guerre,
Vous voyez qu'Alexandre, à ce cœur agité,
A joint sans cesse des traits de générosité;
Et vous traitant toujours dans votre rang suprême....

STATIRE.

Hélas! oui, dans ce rang que je n'ai plus moi-même,
Où sa fureur atroce accourut terrasser....

CEPHIRE.

Il est vrai. Mais son cœur ne peut-il effacer?...

STATIRE.

Espérance bien vaine, hélas! tu m'es ravie!
Ah! qu'un semblable sort serait digne d'envie,
S'il me rendait du moins son sort moins odieux,
S'il remettait mon père au rang de ses aïeux.

Ah! ses aïeux en moi verront finir leur cendre,
Et j'en dois pour jamais abhorrer Alexandre.

SCÈNE V.

STATIRE, STATIRA, CEPHIRE.

STATIRA,

OUI : c'en est fait, ma fille ; et les Grecs inhumains
Ont épuisé sur nous leurs courroux assassins.

STATIRÉ

Qu'entends-je, juste ciel! quel coup plus déplorable?..

STATIRA.

Ils nous ont arraché notre appui secourable.
Encor si les cruels, à Darius vaincu,
Avaient laissé l'espoir d'un courage déçu,
Et que je n'eusse appris, pour horrible nouvelle,
Que sa fuite et sa honte aux campagnes d'Arbelle.

STATIRE.

Juste ciel! achevez. Chaque mot dans mon cœur
Y porte un coup mortel.

STATIRA.

                    Hélas! notre malheur
Est au comble, ma fille.

STATIRÉ.

                    Et Darius... mon père...

STATIRA

Il n'est plus.

STATIRE.

Justes Dieux !

CEPHIRE.

O comble de misère !

STATIRA.

Et le cruel garant de notre triste état,
Est son manteau trouvé sans pompe et sans éclat.

STATIRE.

Alexandre, barbare, après ce coup encore
Tu n'es plus à mes yeux qu'un cruel que j'abhorre,
Et des plus vils humains le plus vil des tyrans.

STATIRA.

Ma fille, il est encor l'oppresseur des Persans.
Voilà donc notre sort. Babilone abattue,
Une mère éplorée, et son âme éperdue,
Des enfans sans soutien, infortunés objets....
Nés rois ; mais titres vains, et désormais sujets.
Les voulant secourir de mes mains bienfaisantes,
Ou plutôt vainement de mes mains défaillantes,
Captive sous les lois du Grec intolérant.
Au milieu de ces maux Darius expirant.
Hélas ! de mon époux si je n'ai que la cendre,
O vous ! mes chers enfans ; qui pourra vous défendre ?

2

SCÈNE VI.

STATIRA, STATIRE, ALEXANDRE, CEPHIRE.

ALEXANDRE.

Princesses, désormais vos pleurs vont se tarir.
Oui, cessez de vous plaindre et de vouloir mourir.
Darius va ce jour mettre un terme à des larmes
Qui me font regretter le succès de mes armes.

STATIRA.

O ciel! que dites-vous? Quoi? seigneur, Darius....

ALEXANDRE.

Madame, il est vivant, vos pleurs sont superflus.

STATIRA.

Il respire, seigneur!

STATIRE.

Ciel! Darius! mon père?

STATIRA (à part.)

Justes Dieux! Et pour nous cette image bien chère...
(A Alexandre.) L'ai-je bien entendu, seigneur,
Darius vit?
Ah! je le crois, enfin, puisque vous l'avez dit.
Mais pardonnez encor un reste de tendresse;
Oui, pardonnez, seigneur, une triste princesse.
Près d'Arbelle pourtant, sous le nombre accablé,
Et le garant fatal dont on l'a dépouillé....
Ah! pour nous soulager, cherchez-vous la contrainte?

ALEXANDRE.

Ce signe en vain, Madame, excite votre crainte.
Darius entraîné par un gros de Persans,
L'a laissé, malgré lui, tomber sur les mourans.
Et cherchant aussitôt un recours dans la fuite,
A tâché du soldat d'éviter la poursuite.
C'est ce que dans mon camp on se dit tour-à-tour,
Et qu'un ambassadeur, de plus même ce jour,
Arrive pour traiter du succès de la guerre.
Vous-mêmes, vous verrez (et du moins je l'espère)
Comment je puis, ce jour, vous rendre à tous vos droits.
Ah! puisse Darius se soumettre à mon choix!
Un moment je vous laisse épancher votre joie,
De ses jours du trépas qui ne sont plus la proie.

(*Il sort.*)

STATIRE.

Dieux!... mon père.... il respire?

STATIRA.

Et le ciel nous le rend.
Ah! Darius vaincu, tu n'en es pas moins grand!
D'Alexandre, ma fille, hélas! puisse la flâme....
Mais quel trouble nouveau revient saisir mon âme?
Vous avez d'Alexandre oüi les derniers mots;
Je connais Darius, et je crains d'autres maux :
Je vois encor l'orage élevé sur nos têtes.
Ah! l'un mille fois plus honteux de ses conquêtes,
Dans le fond de son cœur porte, quoique défait,
La loi d'un sonverain, et n'est pas né sujet.

2 *

L'autre fier de ses droits, jaloux de ses défaites,
Semble encor s'applaudir de ses douleurs secrètes.
Je ne sais, mais mon cœur inquiet, agité,
D'une nouvelle crainte est encor tourmenté.
Par des pressentimens que le sort nous envoie,
Je crois voir contre nous ce sort qui se déploie;
Dans ce moment je crois voir Darius sanglant,
Frappé par les siens même, et dans mes bras mourant...
Mais bannissons de nous un penser si coupable;
Et ne nous livrons point à ce trait qui m'accable.
Nos malheurs sont affreux. Mais les maux des humains
Sont des secrets écrits au livre des destins.
Et Darius, de qui le cœur se manifeste,
N'a rien à redouter de la bonté céleste.
Allons. Fasse le ciel qu'en ses tristes succès
Il retrouve toujours de fidèles sujets!
Et contre un ennemi pour nous si redoutable,
Puisse notre destin être moins déplorable.

Fin du premier Acte.

ACTE II.

SCÈNE PREMIÈRE.

BESSUS, NABARZANE.

BESSUS.

APRÈS avoir brigué le rang que tu me vois,
Ami de Darius, le successeur des rois :
Pour combler du destin l'arrêt irrévocable,
Enfin nous arrivons à ce camp formidable,
Toi, comme confident de mon dessein secret,
Moi, comme ambassadeur, et ton ami discret.
Sujet de Codoman, son conseil et son guide,
Revêtu de ce droit bienfaisant ou perfide,
Chef de la Bactriane, et général d'un camp,
J'ai dû pour nos projets parvenir à ce rang.
Que ce rang pour Bessus soit une gloire insigne:
Bessus, sans le chercher, s'en fut rendu plus digne.
Mais j'ai brigué ce titre, et Nabarzane sait
Quel en est le motif, et pourquoi je l'ai fait.
Au moins, si je n'ai pu t'honorer de ce titre,
Tu vois que de son cœur Bessus t'a fait l'arbitre:
Avec moi j'ai voulu vers ce rang te porter.
Mais, pour toi, c'est le moindre où je veuille monter.

NABARZANE.

Je le sais. Mais Bessus, que te vois-je entreprendre,
Quand je te vois venir vers ce même Alexandre
Pour traiter de la paix offerte à ce guerrier ?
S'il l'accepte, crois-tu pouvoir la dénier,
Et servir tes desseins par cette route ouverte?

BESSUS.

Sans doute ; et je conduis Darius à sa perte.
Nabarzane, crois-moi, le coup est ménagé.
Codoman meurt ce jour dans le piége engagé.
Je connais les détours et la fourbe traîtresse
D'une cour où long-tems j'ai nourri ma jeunesse.
Ils sauront nous servir contre son destructeur. . . .
Et l'arrachant aux mains de son triomphateur,
En dépouiller celui qui, loin de Babilone,
S'est rendu, par sa fuite, indigne de son trône.
Darius, dans ces champs que les Grecs ont conquis,
Rassemblant des vaincus les malheureux débris,
Espère du vainqueur une paix qu'il présente ;
Mais, crois-moi, l'on va voir échouer son attente,
Nabarzane, et sois sûr qu'il ne l'obtiendra pas.

NABARZANE.

Et comment penses-tu ?....

BESSUS.

                    La gloire a des appas.
A ses attraits puissans tout homme sacrifie.
Crois-tu qu'ayant soumis la moitié de l'Asie,

Affaibli Darius jusques dans trois combats,
Conquis tant de pays, subjugué tant d'états,
Alexandre, toujours avide de conquêtes,
Se dise en s'outrageant : « quoi, lâche, tu t'arrêtes?
Non, le courage ainsi ne sait se limiter ;
A raison de l'obstacle on le voit s'irriter.
Darius offensé de son destin contraire,
(Car tout mortel rougit de sa propre misère),
Croit, en abandonnant tous ces états soumis,
Qui sont, passé l'Euphrate, en d'autres mains remis,
Se délivrer des coups d'un ennemi funeste ;
Tandis que le héros, prêt à ravir le reste,
Pense de son côté que par moi Darius
Remet en son pouvoir un vain droit qu'il n'a plus.

NABARZANE.

Et tu comptes, Bessus, par un effet contraire,
Donner à tes destins une route prospère.
Je ne puis de ma crainte encor me départir ;
Et tes pas à mes yeux semblent se démentir.
Soit qu'Alexandre eût fait une paix imprévue,
Ou que par lui la guerre eût été mieux revue,
Nous l'aurions aussi bien su par quelqu'un des tiens ;
Et c'est alors, ami, qu'en séduisant les miens....
Oui ; je l'avoue en tout, telle est ma défiance :
Un moment reculé ravit toute espérance.
Et quelqu'autre, en un mot, eût été mieux chargé
De ce pas téméraire où tu t'es engagé.

BESSUS.

Et qui peut te causer un penser si timide?

Ah! bannis de ton cœur un trouble aussi perfide.
Méconnais-tu Bessus, et comptes-tu pour rien
De voir tout d'un coup-d'œil, et d'apprendre du sien
Quel obstacle on oppose au piége qu'on prépare,
Dans notre illusion, celui qui nous égare,
D'observer et de voir le détour qui nous sert,
Celui qui nous peut nuire, au moment qu'on le perd,
Que l'on peut recouvrer lorsque l'on nous y nomme,
Et de lire, en un mot, au fond du cœur d'un homme ?
Alexandre au combat qui n'a qu'un dur orgueil,
Celui de vaincre et voir le péril d'un coup-d'œil,
Des intrigues de cour ignorant le langage,
Peut, à ma politique, ouvrant trop son jeune âge,
Porter dans ses replis un secret ignoré.
Un grand homme a toujours quelque faible adoré,
Que l'imbécille approuve et qu'attaque l'envie ;
Mais que le politique observe, flatte, épie.
Malgré ce que je crois, si cependant la paix
Dans un cœur né si fier, vient trahir mes projets,
Et fasse qu'il me rende et la reine et sa fille,
Ami, de Darius éteignant la famille,
Dans son sang criminel à nos coups réservé....
Que vois-je ? Tu frémis ! Ce premier coup bravé,
(Plus d'un de leurs aïeux nous montra cette voie),
Cet empire est pour nous une facile proie.

NABARZANE.

Quoi ! tout son sang, sa fille !...

BESSUS.

                Et qui peut t'étonner ?

NABARZANE.

Ah ! de ton cœur le mien n'a rien à soupçonner.
Mais crois-tu que la mort, et d'elle et de Statire,
Avant qu'une autre, enfin, nous élève à l'empire....
Ah ! que Darius seul eût expiré par nous !
Sa mort trop légitime eût suffi à nos coups,
Et sans doute au héros n'eût point causé de larmes.
La mort d'un ennemi pour nous a trop de charmes.
Mais que tout son sang coule ; au vainqueur irrité
Comme un trait odieux ce trait sera porté.
Et si pour réussir dans le sentier des crimes,
Nous y courons déjà par de telles victimes,
D'Alexandre il nous faut redouter le courroux.
Bessus, arrête, ou crains à frapper de tels coups.

BESSUS.

Ciel ! que dis-tu ? quels mots sont sortis de ta bouche ?

NABARZANE.

Je m'effraye au succès ; et la pitié me touche.

BESSUS.

O Dieux !.... qu'entends-je ? Et quoi !.... je t'ai pu
    confier....
De la pitié.... Qui ? nous ! il la faut oublier.
Trop de pitié devient à sa cause funeste ;
Je frémis avec toi du coup que je t'atteste.
Mais Darius, enfin, criminel à nos yeux,
Tout son sang le devient par le courroux des Dieux.

A l'ordre des destins devons-nous nous soustraire ?
Si ces Dieux ennemis, dans leur juste colère,
Ont montré le moment qui devait le punir ?
Si par la loi du sort tout son sang doit périr,
Qu'importe par quels coups que le destin le voie ?
Pour mourir ou pour vaincre il est plus d'une voie.
Le plus hardi l'enlève à celui qui s'en sert.
Ne craignons rien ; versons tout un sang qui nous perd.
La parenté n'est rien, le massacre est frivole.
Je te réponds de tout compte sur ma parole :
A Darius rejoint par un sort rigoureux]
Je ne tiens point à lui, dans ce tems orageux.
Les grands crimes souvent font d'illustres coupables,
Le mépris de la gloire a fait des misérables.

N A B A R Z A N E.

L'ambition , Bessus , souvent par attentat,
A quelquefois perdu par un assassinat.

B E S S U S.

Il est des heureux tems où le destin nous place :
Et c'est être un ingrat que d'en perdre la trace.
Tu m'as fait voir ta crainte ; et c'est la mienne aussi
Que Darius mourant, tout son sang ennemi,
Si nous ne l'épuisions, nous deviendrait funeste.
Puissions-nous en verser jusques au moindre reste.
Y comprendre Oxatrès son frère sans renom,
De Darius mourant un faible rejetton !
Que toutefois aux Grecs je laisse pour ôtage,
Etant aux yeux des Grecs un trop précieux gage.

Immolons, s'il se peut, dans lui de tels Persans,
Puisse su: eux nos coups n'être pas impuissans!
J'en saurai prévenir le couroux d'Alexandre.
Apprends tout le succès que je dois en attendre.
Quand j'aurai de sa bouche ouï la volonté,
Soit qu'à la paix ou non je le trouve porté;
Lorsque de Darius, qui cherche un vain asyle,
Qui de soldats vaincus n'a que l'appui stérile,
J'aurai gagné l'esprit, et contraint dans mon camp
A venir y chercher le piége qui l'attend;
Là de mes Bactriens, une troupe choisie,
Finiront dans sont sang les malheurs de l'Asie.
Et sitôt que la nuit, dans son obscurité,
Aura de ce grand jour replongé la clarté,
Dans le camp d'Alexandre, au milieu des ténèbres,
Nous pourrons rendre aux siens ses conquêtes funèbres.
L'adresse et le courage attaqués et surpris,
Du lâche courageux deviendront les mépris.
Ce succès secondé de celui de nos armes,
La Perse en apprendra les heureuses alarmes.
Et c'est alors, ami, qu'élu roi des Persans,
Je partage avec toi ces états trop puissans,
Que jusques à ces monts a conquis Alexandre,
Et qu'en vain il voudra conserver ou reprendre.
Ainsi nous repoussons ce jeune audacieux,
Qu'on a vu jusqu'ici tel qu'un vent orageux,
Aux murs de Babilone, abattre cet empire;
Et qu'on verrait encor, plein du Dieu qui l'inspire,
Augmenter de nos biens l'empire d'un tyran,
Joindre au titre de roi celui de roi persan;

Et non content, franchir, par des travaux plus rudes,
De ces monts escarpés les vastes solitudes ;
Et loin de ces climats, courir donner des fers
A l'humide habitant du rivage des mers.
Enfin, tu vois le rang qu'avec toi je partage.
Il n'est point de péril pour qui prévient l'orage.
Ce bois joint les deux camps par des sentiers perdus,
Et sans doute aux Persans, comme aux Grecs, inconnus,
Ici, de l'un à l'autre, un même instant ramène.
Tu t'étonnes? Ton âme est-elle plus certaine?
Naguères tu montrais plus de témérité.

NABARZANE.

Eh bien! vois donc en moi la même fermeté.
Je craignais pour la suite, et non pour le supplice.

BESSUS.

Ah! tu me rends enfin un plus digne complice.
Tout homme en ses soupçons, agit, craint ses destins,
Et dans ses craintes même, accomplit ses desseins.
Va, cours, retourne au camp, vois, examine, observe
Des courtisans adroits la trompeuse réserve,
Ces cœurs que Darius rassemble autour de lui,
Et dont il a formé son conseil son appui.
Examine sur-tout Artabase, ce prince
Dont le bras d'Alexandre a conquis la province.
Tu sais qu'il peut compter au trône de Cyrus
Plus d'un ses aïeux au tombeau descendus.
N'en doute pas; lui seul peut nous être funeste.
Je t'attends, Nabarzane, et me charge du reste.

Vole, j'entends quelqu'un qui s'approche de nous.
De nos desseins secrets va préparer les coups;
Pour ton sort et le mien, tu peux en tout me croire;
Puisse ta mission en accomplir la gloire!

SCÈNE II.

BESSUS, CLITUS.

CLITUS.

ALEXANDRE, un moment, prêt à vous écouter,
A voulu du soldat jusqu'ici s'écarter.
Il ne sait ce que c'est, en manquant au courage,
D'offenser le malheur par un indigne outrage.
La terreur et l'effroi du traître et du méchant,
Il va vous en donner un exemple frappant,
Et dédaignant l'éclat d'une pompe étrangère,
Qui charme toutefois, mais n'est que passagère,
Il vous permet de plus le sang que vous prouvez.
Il approche; et c'est lui que vous apercevez.

SCÈNE III.

ALEXANDRE, BESSUS, CLITUS, SOLDATS GRECS.

BESSUS.

SEIGNEUR, il m'est bien doux, sans que mon cœur
vous flatte,
De paraître devant le vainqueur de l'Euphrate;

J'étais loin d'espérer un aussi grand honneur ;
Mais puisque le destin m'accorde ce bonheur,
Sachez qu'un sang illustre, en son destin étrange,
Donnant à vos succès une juste louange,
Suspend pour un moment le destin des combats
Qui pourrait rétablir le sort de ses états ;
Et plein d'un autre soin, de sa grandeur suprême,
Pour vous voir, comme lui, plus digne de vous-même,
Vous demande une paix que vos heureuses mains
Accorderont sans doute à ses derniers destins.
N'allez pas cependant présumer que sa fuite
L'oblige a prévenir un destin qu' 'vite,
Qui fait qu'entre héros l'un ou l'autre des deux,
Le premier le propose au vainqueur plus heureux.
Ce n'est pas ce destin, dis-je, encor qui l'engage
A finir une guerre où faiblit son courage :
Mais vos exploits, seigneur, ainsi que vos vertus,
Sur-tout votre clémence à traiter les vaincus....

ALEXANDRE.

Réprimez un discours qui peut-être m'outrage :
Il paraît un encens qu'aime peu mon courage :
Toujours la flatterie a des traits séduisans ;
Mais croyez pour mon cœur qu'ils sont tous impuissans.
Telle est votre louange, elle semble une offense.
J'ai rendu les Persans l'objet de ma clémence ;
Je leur donnai la vie en leur montrant la mort.
D'un ennemi vaincu je respecte le sort ;
Et j'abandonne au lâche à faire une victime
D'un guerrier malheureux que le destin opprime.
Poursuivez.

BESSUS.

C'est aussi par ces dignes bienfaits,
Quoi que vous en disiez, le cours de vos succès,
Qui fait que Darius, pour ces vertus qu'il aime,
Cherche votre alliance, et votre amitié même.
Il vous avait offert les provinces qui sont
Du sein de ces climats jusques à l'Hellespont,
Il faisait plus encor, vous joignant à son titre,
De la main de sa fille il vous faisait l'arbitre ;
Mais cet hymen pour vous a de légers appas.
Au défaut de cette offre, il étend vos états ;
Et maintenant y joint les plus vastes provinces,
Où jadis ont régné les plus illustres princes :
Et pour un garant sûr de la fidélité
Qu'il veut garder au don que fait sa volonté,
Il vous laisse, seigneur, pour précieux ôtage,
Le dernier de ses fils, espérant, à ce gage,
Que vous délivrerez de leurs indignes fers
Des objets qui pour lui ne semblent pas moins chers ;
Et que vous lui rendrez pour en rompre les chaînes,
Les restés malheureux de si funestes haines.
Sans vous dire de plus d'oublier pour vos droits,
L'insulte que son sang, pour la première fois,
Vous fit, en vous bravant par une vaine audace,
Y joignant au mépris une aveugle menace,
Je n'examine point si de votre équité
Ce favorable accord doit être souhaité.
Vous laissez sur vos pas, à vos armes soumises,
Cent provinces, par-tout, que vous avez conquises.

Mais l'espace où l'on voit les rives du couchant
Prolonger un état vers sa chûte penchant,
De cet immense empire est la moindre partie ;
Et vos soldats tout près d'entrer dans la Médie,
Où le dur Bactrien rassemble ses drapeaux,
Ne se trouvent encor qu'à leurs moindres travaux.
Oui, vous avez, seigneur, des peuples à combattre,
Difficiles à vaincre, et qu'on ne peut abattre :
Les habitans du nord, des peuples belliqueux,
Et pour passer aux champs du Scythe audacieux,
A conquérir de plus les confins de l'Asie,
Toute la Bactriane et l'immense Scythie.
Mais fussiez-vous passé les portes du levant !
Un trop puissant état est un fardeau pesant,
Plus dangereux qu'utile à l'arme la plus forte.
Un bien devient un mal quand l'excès nous y porte.
Darius trop puissant dut par vous l'éprouver,
Dans ses vastes états qu'il n'a pu conserver.
Mais s'il a cependant, du sort qui le désarme,
Dans trois combats sanglants subi la triste alarme,
S'il n'a que la moitié de ses puissans états,
A ses moindres efforts ravis par les combats ;
Si, loin de Babilone, il se voit en Médie
Défendre et partager l'empire de l'Asie :
Du moment que son offre ose vous arrêter,
Vous voyez qu'il en est bien plus à redouter.
Vous êtes, il est vrai, par-delà le Bumèle ;
Mais le Persan, toujours à son prince fidèle,
Qui ne voit qu'en tyran tout autre que son roi,
Forme un camp rassemblé sous son prince et sa loi,

Soit que l'offre par moi que sa main vous présente,
Porte enfin à la paix votre âme bienfaisante,
Ou soit que Darius, par de nouveaux efforts,
Osant vous disputer l'empire de ces bords,
Veuille encore tenter par des moyens semblables,
Si pour lui la fortune a des traits plus coupables;
Bientôt un nouveau camp de Soldats Bactriens,
Commandé par Bessus, se joint encore aux siens.
Et Darius tout prêt à vaincre et non se rendre...

ALEXANDRE.

Prêt à vaincre... Arrêtez. C'est assez vous entendre.
Darius fugitif de climats en climats,
A peine de ces monts possède les frimats,
Et pense, n'ayant plus qu'un recoin de l'Asie;
Aisément me chasser du sein de la Médie?
Certes, il me surprend, et je ne puis cacher
Que dès le moment même où j'ai dû l'y chercher,
Il croye en être encor possesseur légitime;
Et que ce n'est que moi qui le suis par un crime.
Quoi! selon lui, les Grecs toujours victorieux
Auraient en vain porté leurs pas jusqu'en ces lieux?
Ne possédé-je pas, par le droit de la guerre,
Ces climats où déjà ma gloire devient chère?
Darius de ses droits que l'on vit abuser,
D'un pays qu'il n'a plus prétend-il disposer?
Le vaincu n'a de loi, si ce n'est qu'il peut vivre,
Et celle du malheur est celle qu'il doit suivre.
Codoman, dites-vous, m'offre son amitié :
J'aurais pu l'accepter, si j'avais oublié

Qu'il tâche , chaque jour , par d'adroits émissaires
Et de secrets moyens ses secours ordinaires ,
D'attenter à ma vie , et , ce qui me surprend ,
De corrompre les miens par l'argent qu'il répand.
Pourtant , malgré ses soins dont son âme s'abuse ,
S'il ne m'eût point trompé par une telle ruse ,
Sans doute on aurait vu comme j'aurais pris soin
De malheurs quelquefois qui trompent de plus loin.
Mais puisqu'à de tels coups dont son cœur vous fait gage ,
Il en ajoute encor que craint peu mon courage ,
Que vous venez parler de ces peuples divers
Endurcis sur ces monts aux frimats des hivers ;
Que de leurs bataillons ses plaines sont couvertes ,
Et qu'il se fortifie à raison de ses pertes ;
Il me tarde de voir Darius et sa cour ,
De le chercher sur l'heure , et l'attaquer ce jour.

BESSUS.

A ce noble transport dont votre âme est saisie ,
Je reconnais , seigneur , le vainqueur de l'Asie.
Mais dès l'instant qu'en proie à des soins menaçans ,
La guerre en vous prévaut à l'offre des Persans ,
Mon âme vous rappelle un soin qui m'intéresse ,
C'est celui qui vous dut toucher dans sa détresse.
A ses soins paternels , seigneur , en rendrez-vous ?...

ALEXANDRE.

Sur ce point , je saurai limiter mon courroux.

BESSUS.

Ainsi donc votre main à combattre s'apprête ;

Sans voir en ce moment encor, qui vous arrête ?
Le camp de Darius, dans ces monts retranché,
Par les plus grands efforts n'en peut être arraché.
Si des moitiés de lui par vous me sont rendues,
Les routes à l'instant vous en seront connues.
Il apprendra pourquoi j'ai dû vous les montrer.

ALEXANDRE.

Sans les savoir de vous, je veux les pénétrer.

BESSUS.

Pardonnez à ce soin encor si je diffère.
Avec droit tout Persan causa votre colère,
Avec vous j'en conviens, la Perse a mérité
Ce châtiment des traits de la fatalité ;
Il ne m'est pas besoin de vous le dire encore.
Mais si vous desirez un trait qui vous honore,
Du moins jusqu'à ce jour différez seulement,
Aisément l'amitié donne son sentiment.
Je cours vers Darius, et je l'engage à rendre
Ce que son malheur doit aux armes d'Alexandre.
Si plus que les conseils, la gloire et les combats,
Pour son âme inflexible ont encor plus d'appas,
Je pourrai le forcer, puisqu'il est en Médie,
A remettre en vos mains le destin de l'Asie.

ALEXANDRE.

Le forcer, dites-vous ! un ami l'outrager !
Qu'entends-je ? Osez-vous bien....

a 2

BESSUS.

Oui, seigneur, l'engager....
C'est tout ce que je dois....

ALEXANDRE.

C'est assez vous connaître.
Si Darius en vous s'était servi d'un traître,
E si le sang en moi qui craint peu le trépas,
Mille fois bouillonant où j'ai porté mes pas,
Un moment présumait au cœur qui vous anime,
Que complot, perfidie, horreur, crime, victime....
Je vous en punirais. Allez ; il vous suffit.
Portez à Codoman ce que je vous ai dit.

(*Il sort.*)

BESSUS, *seul.*

A cette audace altière, intrépide, outrageante,
Quelle témérité, quelle morgue arrogante ?
Je n'aurais jamais crus l'avoir si loin pousser ;
A leurs traits menaçans que l'on peut s'abaisser,
Mortel trop orgueilleux... Tu m'apprends, Alexandre,
Ce que de toi Bessus ne vient que trop d'entendre.
Dans ton camp, observons tes bataillons, leurs rangs,
On m'en verra sortir lorsqu'il en sera tems.

Fin du second Acte.

ACTE III.

SCÈNE PREMIÈRE.

DARIUS.

C'EST donc en ce séjour d'horreur et de misère
Où je vais d'un mortel ouïr la voix sincère.
C'est donc en ces forêts où le sort me poursuit,
Que vainement je cherche une mort qui me fuit.
Bessus, enfin, Bessus, viens-je, ô ciel ! de l'entendre ?
N'a pu rien obtenir du barbare Alexandre !
La paix que j'offre en vain a le sort de mon bras ;
Et le sort en courroux poursuit par-tout mes pas.
O Dieux ! qui nous rangez sous vos ordres suprêmes,
Qui nous donnez des fers ou bien des diadèmes,
Ai-je donc mérité ce sévère courroux,
Ce courroux que les Grecs de servir sont jaloux ?
Triste, errant, fugitif, hors de ma capitale,
Est-ce assez ressentir votre haine fatale ?
Aux rives du Bumêle, aussi bien qu'à l'Issus,
Mes efforts, à trois fois, sont demeurés vaincus.
Et mes champs désormais entre des mains profanes,
N'offrent plus à mes yeux que de simples cabanes,
Des abimes profonds entrouverts sous mes pas,
Où désormais je cherche en vain un doux trépas.

Un trône qui n'est plus, des campagnes désertes,
Qui montrent mes malheurs et découvrent mes pertes.
Jadis dans mes états j'habitais un palais.
Je n'ai plus pour séjour que l'ombre de forêts.
Qu'un pouvoir abattu qui n'est plus dans moi-même,
Que je cherche, et qui fuit avec mon diadême.

SCÈNE II.

DARIUS, ARTABASE.

DARIUS.

Hé bien, prince, avez-vous, dans ces sauvages lieux
Retrouvé ce mortel qui révère les Dieux ?
Vais-je....

ARTABASE.

　　　　N'en doutez point. Bientôt, même à ma vue,
Vous allez rassurer votre âme trop émue.

DARIUS.

Sans doute il ne sait point qui doit l'interroger.

ARTABASE.

Au seul nom de Persans, je l'ai vu s'engager
A nous parler bientôt sans détour et sans crainte,
Mais en l'interrogeant, pourquoi de la contrainte
Vouloir employer l'art?....

DARIUS.

　　　　　　　Prince, la vérité,
A l'aspect imposant de trop d'autorité,

Souvent marche en rampant , s'avilit elle-même ;
Et je veux lui parler sous un rang moins suprême.
J'entrevois tous les maux de votre sort , du mien.
Le préjugé nous flatte , et cesse d'être un bien.
Mais déjà je voudrais au bord de mon naufrage....
Artabase , courez , retournez à ce sage.
Je veux....

ARTABASE.

Ah ! pour nos maux , comme pour vos malheurs
Un moment dissiper de semblables douleurs.

DARIUS.

Il ne tardera pas. ... Sans doute , je le pense ,
Tout comme vous je prends encore patience.
Et de plus.... mais il vient , et c'est lui que je vois.

SCÈNE III.

DARIUS, ARTABASE, CORMAS.

DARIUS.

Approchez, ô mortel ! digne hôte de ces bois.
Interprète divin des lois de Zoroastre ,
Du triste Darius nous pleurons le désastre.
La dure renommée avec raison ou tort ,
Doit vous avoir instruit de son malheureux sort ,

Et pour lui jusqu'à vous a fait passer, sans doute,
Sa formidable voix que tout mortel redoute,
Apprenez-nous l'auteur des peines qu'il ressent,
De même que les maux des rois dont il descend.
Vous êtes en des lieux que le soleil éclaire :
Le divin Zoroastre y finit sa carrière ;
Il connut du pouvoir le souverain appui.
Le sort qui l'y porta parut moins grand que lui.

CORMAS.

Persans, les maux mal vus sont souvent sans ressource ;
Qui peut alors du tems changer l'ordre et la course ?
Chaque chose a son terme ; il est des jours heureux ;
Il en est de cruels, comme il en est d'affreux.
Et dois-je de Cyrus en respectant la cendre,
Sans rien envisager, à vos raisons me rendre ?
Que voulez-vous ainsi, qu'exigez-vous de moi ?

DARIUS.

De servir Darius et d'aimer votre loi.

CORMAS.

L'homme quand il se voit sur de riantes traces,
Ne pense pas combien la fortune a de faces ;
Le revers du tableau fait-il voir son malheur,
Il l'apprécie alors à sa juste valeur.
Souvent il n'est plus tems, ainsi je me dois taire,
Il pourrait m'échapper quelque raison trop claire.

DARIUS.

Ah ! n'importe, on dit tout s'il en résulte un bien.
L'équité le prescrit, de nous ne craignez rien,

Le mal dans sa racine est facile à détruire :
Et pour un malheureux contre qui tout conspire....

CORMAS.

Vous exigez? O ciel!....

DARIUS.

Ami, vous le devez.

CORMAS.

Puis-je parler sans craindre?

DARIUS.

Hélas! vous le pouvez.

CORMAS.

Pour vous, pour Darius, pour nos peines fatales,
Forcé de remonter à de tristes annales,
Vous, dirai-je.... mais non....

DARIUS.

Juste ciel! poursuivez.

CORMAS.

Il était un moyen. Pourquoi donc?....

DARIUS.

Achevez.

CORMAS.

En voyant tant de maux, tant de peines récentes,
Aussi bien qu'à vos yeux aux miens même présentes,
Malgré moi faut-il donc au sein de ces malheurs,
Vous en renouveler les pénibles douleurs?
Les tems veulent toujours en tout de la droiture,
Vainement l'homme faux méchamment en murmure,

Vous dois-je en rappeler des jours si loin de nous ?
Oui, sans doute, pour moi, et même que pour vous,
La nature sans borne à sa marche certaine,
Souvent elle faiblit, et voilà notre peine.
Ainsi vous en saurez qu'après avoir soumis
Plusieurs états puissans contre lui réunis,
Par d'équitables lois qu'alors il sut prescrire,
Cyrus de ces états forma son vaste empire.
Cyrus fut un grand homme; il sut seul gouverner,
Où tous ces descendans n'apprirent qu'à régner.
Mais plus grand s'il eût su, comme en roi, comme
      en père,
Rendre de ses vertus son sang héréditaire.
Guerriers, je ne veux point, par un trait abaissant,
Porter à ce grand homme un coup trop offensant.
Son sort quel qu'il devint est pour nous trop auguste,
Pour l'en récompenser d'un souvenir injuste.
Mais s'il eût dans ses fils, par des soins plus heureux,
Cultivé les vertus de son sang généreux,
Ses enfans, à sa mort, voyant flétrir sa gloire,
En auraient de son nom relevé la mémoire.
Mais par un fratricide, à ce héros mortel,
Cambise succéda moins juste que cruel.
Il fut bientôt puni : la peine suit le crime;
Et de sa propre main il devint la victime.
On vit après sa mort un phantôme de roi.
Comme sans défenseur la Perse fut sans loi.
L'on disputa pour lors : au pouvoir tyrannique
La Perse préféra le pouvoir monarchique.
Et l'un des Darius, issu du sang royal,

Se vit roi des Persans par un double signal.
Xerxès lui succéda , plus fier , non moins tranquille,
Moins grand , à son pays plus funeste qu'utile.
Cinq cens mille Persans soumis à son pouvoir,
Marchèrent à ses pas sous les lois du devoir.
Qu'arriva-t-il alors ? Que la Perse amolie,
Voulant porter en Grèce une force affoiblie ,
Athènes lui fit voir dans le Persan vaincu ,
Ce que peut un état par sa seule vertu.
Déjà ce grand empire , en sa courte durée,
Avançait , sans le voir , vers sa chûte assurée.
Cyrus en avait fait un soutien vigoureux ,
Aimant d'un grand pouvoir l'attrait trop dangereux,
Dernier éclat que prend un titre trop suprême,
Qui touche à sa grandeur et montre son extrême;
Par qui les rois souvent trompés dans leurs desseins,
S'en trompent par les lois qu'ils tiennent en leurs mains.
Xercès assassiné laissa dans Babylone
Artaxercès son fils succéder à son trône.
Et l'on vit après lui le second des Xercès,
Second du nom Ochus , auquel survint après
Artaxercès le juste , et du nom le deuxième,
Ochus deux, qu'on appelle Artaxercès troisième.
La plupart ont péri sans gloire et sans renom ,
Les uns assassinés , d'autres par trahison.
Quelques-uns au milieu de leurs desseins prospères.
Je n'observerai point de regards plus sévères,
Si tous ses descendans ont imité Cyrus.
Cyrus eut des soldats que la Perse n'a plus.
Enfin , après Arsès , Codoman à l'empire,

Vint en prince qui court au fardeau qu'il desire.
Ses pas sont, dites-vous, dans ces déserts tracés?
Ses malheurs le font voir et le prouvent assez.
Le Granique et l'Issus, et les bords du Bumèle,
Ont vu ses vains efforts jusqu'aux plaines d'Arbèle.
Il n'a pas un soldat qui puisse à l'ennemi
Porter avec audace un regard affermi.

DARIUS.

Il le sait.

CORMAS.

  Mais pourtant périr est son partage.
Vous frémissez : tel est le sort de son courage.
Un déluge de maux porté dans ses états
A perdu pour jamais son cœur et ses soldats.
Darius croit encor un reste d'espérance.
Qu'en va-t-il retirer pour fruit de sa défense ?
Dès l'enfance élevé dans le sein d'un palais,
Ignorant tout lui-même, et n'ayant vu jamais
Que les fausses lueurs d'une cour éperdue,
En peut-il ranimer sa grande âme abattue ?
Ses meilleurs généraux ont été massacrés.
Il n'a plus de Memnon.

DARIUS.

   Mais dans lui récouvrés,
S'il imitait Cyrus, si plein de son courage,
A cette fois encor s'opposant à l'orage,
Il conduisait aux grecs ses secours plus pressans,
De soldats aguerris, de valeureux persans ;
Si gravant dans son cœur qui n'est pas né perfide,

Que du bonheur il faut qu'il soit l'âme et l'égide,
Que d'odieux forfaits sous les coups du hasard,
Par un secret pouvoir sont punis tôt ou tard.
Si de tous les persans rassurant la détresse,
Il ranimait les siens plongés dans la tristesse,
Avec eux résolu, soit à vaincre ou périr,
Croyez-vous qu'avec eux résolu de mourir,
Il n'arrêterait pas le vainqueur inflexible ?
Cyrus, le grand Cyrus, ne fut pas invincible.

CORMAS.

Oui, guerriers, c'est alors que les grecs expirans,
A leur sang répandu, connaîtraient les persans.
Si Darius encor voyait flétrir sa gloire,
Il leur ferait bien cher acheter la victoire.

DARIUS.

Codoman satisfait, encor plus que surpris,
Saura, ce jour, par nous combien il s'est mépris;
Mais si plus même encor ravi de vous entendre,
De vous voir en ces lieux, ce trait doit le surprendre,
Apprendra-t-il par nous quel sort qui vous poursuit
Vous a contraint de fuir dans cet affreux réduit ?
Quoi ! seul en ce désert au monde inaccessible,
Vous cherchez d'un sujet la retraite nuisible ?
Un mortel comme vous, à son sort engagé,
Ne doit point comme vous en être dégagé.
De vivre loin du monde est-ce le sort du sage?

CORMAS.

Ce reproche pour moi serait un faible outrage,
Si les plus noirs motifs dont le méchant se sert,
M'avaient loin des persans réduit à ce désert.
Je n'examine point si, loin de l'œil vulgaire,
Un mortel, sous les lois qu'il suit ou qu'il préfère,
Peut terminer ses jours, et mourir sans regret;
Et si loin des grandeurs dont il a fui l'attrait;
Il peut vivre ignoré de leur source inhumaine.
Le premier Darius, vers leur pompe mondaine,
Appelé d'une vie inconnue à leurs lois,
S'en est pu voir compter au nombre des bons rois.
Et son premier état, seul a fait sa mémoire
Meilleure, s'il en eût mieux illustré sa gloire.

DARIUS.

Mais si vous avez vu les malheurs inouis
Où la Perse et son roi seroient un jour réduis :
Pourquoi, dans ce malheur où le Grec nous opprime,
Ne leur avez-vous pas mieux découvert l'abîme ?
Dans le flux de ses maux Darius soulagé,
Ne s'y fût point encor lui-même replongé.

CORMAS.

Guerrier, ne veuillez point, par un trait qui me blesse,
Pénétrer un secret dont l'oubli m'intéresse.
Que l'infortune ou non m'ait jeté dans ces lieux.
C'est le coup du destin et non celui des dieux.

DARIUS.

Darius ne sait pas.... Et vous devez nous dire....

CORMAS.

Vous êtes satisfait, ainsi je me retire....

DARIUS.

Ah! restez, achevez....

CORMAS.

                    Non, le trait oppressant,
Pour lui, comme pour moi, serait trop offensant.
A quoi servirait-il?

DARIUS.

                    Ah! Darius, encore
Ne le sait point, parlez....

CORMAS.

                    Non, il faut qu'il l'ignore.

DARIUS.

Ah! dites-le sans craindre.... ou perfide envers lui....

CORMAS.

C'est en vain....

DARIUS.

                    Vous devez.... ou bien dès aujourd'hui
Lui-même Darius voudra de vous l'entendre.

C O R M A S.

Eh quoi ! vous me forcez !....

D A R I U S.

            Il doit de vous l'apprendre.
Vous insistez encore.

A R T A B A S.

           O mortel généreux ,
Vous plaignez le destin d'un prince malheureux,
Et pour le soulager votre cœur délibère.

C O R M A S.

Puisque vous le voulez il faut vous satisfaire.
Eh bien donc , vous saurez qu'avant qu'en ces climats
On vit fondre des grecs les féroces soldats ,
Qu'au granique on eût vu ses coups dans la poussière,
Et dès-lors de nos maux la semence première ,
Aux persans je voulus découvrir , mais en vain ,
Les maux que Babylone enfantait dans son sein.
Je me flattai d'abord que l'on voulût me croire ,
Et je fais vanité d'une pareille gloire ;
Mais lorsque j'eus fait voir , dans un instant plus doux,
Jusqu'où de nos malheurs un jour iraient les c   c ¡..
Je ne vous dirai pas tout ce qu'il fallut dire.
Et dans de meilleurs soins les vôtres peuvent lire.
Hélas ! épargnez-moi des récits un peu durs.
O toi, Persepolis , oui, ce fut dans tes murs
Que ces cœurs odieux , par intérêt peut-être ,
Qui fourbes , méchamment, s'osent porter à l'être,

Du plus sombre cachot prêts à joindre l'horreur....

DARIUS.

O ciel ! l'on eut pour vous cette inique fureur,
Quand vous eûtes parlé sans basse flatterie !
Pour un simple mortel , dieux quelle barbarie !

CORMAS.

Ainsi donc il en est des attentats du sort ,
Qui se couvrent de honte et nous donnent la mort ,
Et de lâches souvent une plage occupée....
Je me tais. Si la Perse eût été détrompée,
On m'en eût vu d'autant peu priser le bienfait ,
Que j'en eus dans mon cœur peu remarqué l'effet.
Qui rend un vrai service , on veut que l'on l'oublie ,
Où que l'on s'en souvienne , et non qu'il se publie.
Ainsi , c'est pour avoir aux persans dont l'erreur....

DARIUS.

O mortel ! arrêtez. Je sais que la faveur
Au lieu de s'embellir d'un titre qui l'honore,
S'arme d'un faux éclat que l'audace colore.
Mais vos amis....

CORMAS.

Bravant du destin la rigueur ,
En est-il où les lois , l'honneur sont sans vigueur !
Hélas ! quand on vit trop alors vient l'infortune,
Et du tems qui s'enfuit c'est la règle commune,

4

Bientôt on voit mourir quand le sort l'a dicté,
Tous ses meilleurs amis, telle est l'humanité :
Et de plus l'homme roi, le ministre ou le sage,
En songeant aux penchans où s'égare notre âge,
Ne doit-il pas mieux voir la loi dans ce qu'elle est ?
Juste, elle est le jour pur, fausse elle est un forfait,
Douce, fidèle, égale, équitable et sincère,
Elle est l'astre qui vient pour éclairer la terre.
Le sage la revet du beau nom d'équité,
Et lui même il en doit toute la pureté,
Et bien loin d'imiter ce moustre de Lydie,
Qui de son châtiment fit frissonner l'Asie,
En voyant ce soleil, il faut qu'il songe enfin,
Qu'il doit lui rendre un jour compte de son destin.

DARIUS.

A tout ce que j'entends je ne sais que vous dire,
Je vous admire autant que votre ame m'inspire.
Je n'ai jamais douté que le plus beau des droits,
Est d'être juste, enfin, comme vous je le vois.
Mais si des ennemis vous devinrent barbares,
Ils surent quelquefois à des desseins bisarres
Sagement s'opposer.

CORMAS.

Non, leur astre fatal
Perdit l'homme, et leur fit chercher l'homme vénal.
Sur un avis utile, autrement le vulgaire,
Sans doute a juste droit mit un œil salutaire ;
Et sur l'appui du vrai cimentant sa raison....

DARIUS.

Et vites-vous la mort ainsi que la prison?

CORMAS.

Darius, sans le voir, en menaça ma tête.
Je voulus m'opposer en vain à la tempête.
Il me fallut céder. Non que la mort pourtant
M'ait fait à son abord reculer d'un instant.
Si de ses maux la Perse eût été délivrée,
On me l'eût vu souffrir, comme on me l'eût montrée.
Mais dans un tel péril le cœur devient discret.
Et la sincérité marche avec le regret.
Je n'observerai point, par ce mal qu'il ignore,
Si d'injustes motifs que tout mortel abhorre.
Trop écoutés, trop crus, non assez châtiés,
Moyens tout prêt à nuire, et trop peu déniés,
Ne devient point un mal pris trop souvent pour guide,
Qui, d'un cœur généreux fait une âme perfide.
L'homme qui du bonheur, est né pour s'occuper,
Doit aimer son semblable et non pas le tromper.
S'il en a par malheur l'insulte pour murmure;
Il en doit en grand homme alors souffrir l'injure.

DARIUS.

Qu'on nous trompe, Artabase! Ah! mes sens éperdus
A ce triste récit demeurent confondus.

(A Cormas,)

Mais vous voyant ainsi de ces complots la proie,
N'avez-vous pas tenté si par une autre voie....

4 *

CORMAS.

Sans doute j'ai fait plus pour braver les forfaits.
Et sachant toutefois que le rangs, les bienfaits,
Captivent peu celui qui craint peu la bassesse,
J'ai cherché l'homme heureux qui plaignant sa faiblesse,
De gloire justement avec droit revêtu,
N'en vient quelquefois plus qu'à chérir la vertu.
Ainsi vous me voyez au bord de la Médie,
Dans cet affreux désert, déplorer ma patrie,
Mon pays, le Persan, et son roi malheureux.

DARIUS.

Quoi ! non content encore, ô mortel généreux !
On vous força de fuir chez un peuple barbare !
Ah ! Darius encor que sa fureur égare,
Criminel envers vous, comme envers le Persan....
O Dieux ! s'il a voulu, comme un lâche tyran,
Par un trait désormais dont l'horreur le déchire,
Au cruel ennemi qui ravit son empire
Porter le coup mortel d'un poignard excité,
Sans doute, s'il en meurt, il l'aura mérité.

CORMAS.

Darius !... ô ciel !... lui ! que venez-vous de dire ?

DARIUS.

Et quoi ! voudriez-vous, lorsque de son empire
Il cause tous les maux,.... que de traîtres efforts,...
En est-il donc assez puni par ses remords ?

CORMAS.

Oui, le crime commis il serait punissable.
Les coups sont arrêtés, il en est pardonnable :
Quand d'un vrai repentir on en a l'intention,
On est bien près de faire une bonne action.

DARIUS, à part.

Je demeure interdit et ne sais que répondre,
Dois-je me découvrir au lieu de me confondre....
    (A Cormas.)
Ce que vous m'avez dit me déchire le cœur,
Hélas d'un malheureux dont vous plaignez l'erreur,
Remettriez-vous bien certains traits qui peut-être....

CORMAS, le regardant.

En les envisageant je pourrais reconnaître....
Mais que vois-je ? En effet.... O destin ! O malheur !

DARIUS.

Oui, vous le revoyez, c'est lui qui de son cœur,
De l'infortune, ô Dieux, et de sa destinée,
Eprouve la rigueur par le sort condamnée,
Tout prêt à succomber au coup le plus sanglant,

CORMAS.

O ciel! est-il bien vrai! le croirai-je un instant?
Ne me trompai-je point? Ma surprise est extrême,
Plus j'envisage encore, et plus c'est bien vous même.
O que le tems nous change.

DARIUS.

        Hélas, oui, c'est bien moi,

Vaincu, désespéré, sans appui que ma loi,
Approchez digne ami, qu'un ami vous embrasse,
Hélas, vous lui parlez, il voit votre disgrace.
Mais venez dans son camp, oui venez soulager,
Ses malheurs que du moins vous pourrez alléger.
Ne m'avez-vous pas dit qu'il en est sur la terre ?
Vous en adoucirez la dureté sévère.
J'en demeure accablé.

CORMAS.

Que puis-je à vos douleurs ?
Ah ! laissez-moi plutôt ici de vos malheurs. . . .

DARIUS.

Quoi ! lorsqu'à Darius vous avez fait entendre
L'erreur, la vérité qu'on a craint de m'apprendre....
Ah ! vous me tiendrez lieu, dans mes cruels tourmens,
De mère, de famille, et d'épouse et d'enfans,
D'amis, de tout. . . .

CORMAS.

O ciel ! quoi ! les vôtres.... qu'entends-je ?...

DARIUS.

Ah ! je les ai perdus !

CORMAS.

O destinée étrange !

DARIUS.

Oui, rejoignez mon camp. . . .

CORMAS.

Ah! cessez, c'est pour moi....

DARIUS.

O Persan! je le veux. Aimez encor ma loi.
Me refuserez-vous cette douce amertume
Qu'on accorde au malheur dont le trait nous consume?
Je ne suis point cruel, ne craignez point la mort.
Ah! pour le devenir, j'ai trop connu le sort.
Mais laissez un moment, dans cette solitude,
Mes sens s'abandonner à leur inquiétude.
J'aime à voir ces forêts qui furent sous mes lois,
Ces camps, ces tristes champs usurpés à mes droits.

(*A Artabase.*)

Prince, je vous rejoints.

(*Artabase et Cormas sortent.*)

SCÈNE IV.

DARIUS, *seul.*

Vertu trop inconnue!
Pour toi quelle lumière! ô mon âme éperdue!
De moi, de mes aïeux, qu'entends-je? que dit-on?
Discours qui me surprend! récit qui me confond!
Il est donc vrai, moi-même entraîné dans l'abîme,
De mes sens enivrés déplorables victime,
Pour des droits superflus j'ai tout sacrifié;
Pour moi, pour mon pays, je me suis oublié.
Trop plein de ma grandeur, j'ai voulu qu'on me nomme
Le roi de l'univers, et je ne suis qu'un homme.
Je n'ai point écouté des conseils sans erreur.

J'ai fait plus, j'en ai fait périr le juste auteur.
En portant tes fureurs sur un avis sincère,
Barbare, qu'as-tu fait dans ta lâche colère ?
O Karidème ! ô toi, dont j'ai puni le sort,
A mon cœur déchiré n'impute pas ta mort !
Mes courtisans et moi, dans nos fureurs cruelles,
Nous avons trop suivi nos erreurs criminelles.
Quelle atroce fureur, n'ai je pu l'arrêter ?
Avant mon repentir, falloit-il l'écouter ?
Je devais, sans tarder, à tes raisons me rendre,
Fût-ce assez d'honorer ta malheureuse cendre ?
Pour goûter les conseils, loin des prospérités,
Il faut se voir en proie à des calamités.
Abusés, l'on nous trompe, aimant la flatterie,
Nous la voulons toujours jusqu'à l'idolâtrie.
Ce poison enchanteur est pour nous plein d'attraits ;
Et les prospérités qu'il ne quitte jamais,
Nous corrompent par lui, dans le rang où nous sommes,
Et les princes sur-tout qui ne sont que des hommes.
Artisans de nos maux, nous servons nos fureurs.
L'aveugle vanité chatouille nos erreurs.
Ai-je pu me laisser par tant de maux surprendre ?
Ah ! n'eussé-je pas dû moi-même m'en défendre ?
Mais non. De trop long-tems on flatta mes desirs.
Sans espoir, obsédé par de plus doux loisirs....
Moi, qui ? moi ! Sans espoir il est dans mon courage,
Ou la mort désormais deviendra mon partage.
Illustre fondateur du trône des Persans,
Si mon malheur est tel qu'en moi je le ressens.
Pardonne, ô grand Cyrus, j'en dois laver ta cendre,

Ou vers toi chez les morts tu me verras descendre.
Ai-je pu m'abaisser jusques à mon vainqueur,
Et demander la paix à mon usurpateur ?
O toi ! soleil ! ô toi qu'on révère en Médie,
Pardonne-moi l'excès d'un instant de furie ;
Astre dont la nature a reconnu les lois,
Flambeau de l'univers, soleil, qui que tu sois,
Tu vois qu'il est des cœurs dont la fourbe traîtresse
Empoisonne avec art un moment de faiblesse ;
Et sans craindre qu'un Dieu ne les punisse avant,
Du séjour des humains font un gouffre vivant.
En s'armant contre moi de la plus noire injure,
Ils en ont mis l'horreur dans l'âme la plus pure ;
Et pour combler l'excès de leurs affreux complots,
M'ont laissé dans le cœur mes plus cruels bourreaux.
Essence, feu, puissance, être, ou force première,
Oui, c'est toi que j'implore, ô céleste lumière !
Eclaire mes remords. J'abjure, à cette fois,
De toutes mes erreurs les tyranniques lois.
D'un reste de vaincus ranime le courage.
Qu'il vainque à mon exemple, ou qu'il meure au carnage!
Qu'il me reproche après tout le sang des Persans,
Qu'il me donne les noms qui sont dus aux tyrans.
Le sort du criminel est-il de s'en défendre ?
Je les ai mérités, et je cours les entendre.

Fin du troisième Acte.

ACTE IV.

SCENE PREMIÈRE.

NABARZANE, BESSUS.

NABARZANE.

Oui, sache-le, Bessus, par un trait surprenant
Darius a changé la face de son camp;
Et rempli d'un projet dont son âme est certaine,
Il court. Un même instant le voit et le ramène.
Il voit, observe tout; il s'agite, il prévient.
Artabase le suit, un Persan l'entretient.
Ce n'est plus Codoman, et la faveur pour gage,
Dit qu'il va de Cyrus reprendre le courage.
On le voit réformer ses nombreux éléphans,
Qui cependant, je crois, font l'appui des Persans;
Tout ce grand attirail de recours mercenaires,
Il le dit désormais, secours peu nécessaires;
Et de ses immortels serrant les étendarts,
Fait marcher d'un coup d'œil les Persans moins épars.

Si son destin répond à l'ardeur qu'il témoigne,
Que par delà ces monts l'ennemi le rejoigne,
Je commence à douter entre les Grecs et lui,
Quel sera le succès qu'on attend aujourd'hui.
Dans ces champs ignorés, on dit qu'un solitaire,
De ce soin qui l'anime était dépositaire,
Qu'à ce sage mortel Darius a parlé,
Et qu'il suit les avis de ce Persan zélé.

BESSUS.

Et soit erreur encor, soit feinte ou soit adresse,
Sans doute il y soumet le Persan qu'il oppresse ;
Et sans ménagement, dans son dessein voilé,
Il veut être obéi sitôt qu'il a parlé.
Je connais le Persan, sans doute il en murmure ?
Il prévoit les malheurs que Darius endure.
Et soudain Codoman veut détruire un excès,
Et par un autre en vain en tenter le succès.

NABARZANE.

Les Persans, qui trois fois ont trompé sa vaillance,
Suivent de ses efforts l'aveugle vigilance.

BESSUS.

Je t'entends ; et soumis à ces antiques lois,
Remplis du souvenir de leurs illustres rois,
Pour l'ombre de Cyrus que leur courage invoque,
Ils brûlent d'attaquer le bras qui les provoque.
Enfin si tes présens en ont séduit quelqu'un,
Dans les pressans dangers le malheur est commun.

Un complice de plus nous périrait peut-être ,
Oublions les mutins , et sachons les connaître.
Un bataillon des Grecs , de ces déserts affreux
Va , dit-on , pénétrer les replis ténébreux ,
Et découvrir, ce jour , les remparts d'Ecbatane.
Les instans nous sont chers, hâtons-nous , Nabarzane.
Près ces antres obscurs vole placer les tiens ,
Et je cours , de ce pas , t'y joindre avec les miens.
Darius va bientôt , dans cette solitude,
Y traîner de son sort la sombre inquiétude....

NABARZANE, *en sortant*

Ne tarde pas , j'y cours ; mais tu sais à quel prix.

BESSUS.

Oui , le trône t'attend , va , cours , et je te suis.
    (*Seul.*)
Plus que jamais enfin je te rends ma victime,
Traître , tu m'obéis , et me suis dans l'abîme.
Et le droit qu'avec toi l'on me voit partager ,
Est l'appas qui t'atire où tu vois le danger.
Ah ! je dois t'en punir avec tous tes complices ;
Pour qui seul sait le crime , il n'est point de supplices.
Te voyant mon égal , servir les mêmes Dieux ,
Le trouble que je viens de cacher à tes yeux ,
Augmenterait encor le soupçon de mon âme ,
Et t'en ferait peut-être en moi chercher la trame.
Oui , je dois régner seul : le pouvoir souverain ,
S'il est mal assuré , n'est qu'un droit incertain.
Que du crime l'effroi soit l'horrible partage ,

De moi je dois bannir une pareille image,
Et ne point éprouver ce soupçon inquiet :
On n'a déjà que trop du poids de son forfait.
En effet, quels seraient les destins et la gloire,
S'il fallait aux remords s'arrêter et se croire?
Un complice est un traître, et s'il ne meurt enfin,
Tôt ou tard il nous faut redouter son destin.
Mais qu'entends-je ! L'on vient, on pourrait nous sur-
          prendre.
Ciel ! que vois-je déjà ! fuyons. C'est Alexandre.

                                        (Il sort.)

SCÈNE II.

ALEXANDRE, STATIRE.

STATIRE.

Vainement vous cachez votre vue à mes pas.
Je vous suivrai par-tout, et ne vous quitte pas.

ALEXANDRE.

En vain vous me suivez, malheureuse princesse ;
Oui, le jour m'importune et ma gloire me blesse.
Laissez-moi seul en proie à toute ma douleur.

STATIRE.

Ne pouvez-vous la joindre à celle de mon cœur ?

ALEXANDRE.

Je ne sais où je suis où l'horreur m'environne,
Mon courage se trouble , et Clitus m'abandonne ,
Dieux ! pourquoi suis-je né violent excessif ?
Possédons-nous des cieux ce pouvoir abusif ?
O mon ami , Clitus en homme , ô toi que j'aime ,
Aussi bien que pour moi que je crains pour toi-même.
Dans ma course orageuse où le destin m'attend ,
Au milieu du trajet si la mort me surprend ;
Quand je ne serai plus , pour une grâce insigne ,
Tous ces états conquis seront-ils au plus digne ?
Sortant de ma patrie environné des miens ,
Laissant à ma famille et mon trône et mes biens ,
Et les sacrifiant au sein de l'abondance ,
Je n'ai gardé pour moi que la seule espérance.
Pour aquérir un nom avec célébrité ,
J'ai fait parler le sort avec intégrité.

STATIRE.

Et l'Asie est pour vous un séjour de victoire,
Mais dans le trouble encor qui blesse votre gloire....

ALEXANDRE.

Agité , hors de moi , transporté , furieux ,
Vois-je encore ce jour qui me semble odieux ?
J'ai chéri la terreur au sein du précipice ;
Et mon cœur en a vu quelquefois l'injustice.
L'atroce barbarie , et la férocité ,
Quelle aussi dans moi-même en fut l'extrémité !

STATIRE.

Et quelle en est encore en vous cette colère !
Que ce jour qui luit même en frémissant éclaire :
Avec un cœur sensible et facile au pardon,
Ne livrez point vos sens à pareil abandon,
Laissez au criminel tout penser si coupable.
Dans vos emportémens vous êtes moins blâmable.

ALEXANDRE, à part.

A ces traits je m'évite et ne sais où je vais,
La gloire immortalise, et plus chère est la paix
Voyons ce que je fis par mon trop de courage,
Même avant que la Grèce eût été mon partage.
Ainsi que je le dus, je sauvai de la mort,
Au risque de mes jours, mon père, que le sort,
Aux champs Triballiens avait laissé surprendre ;
Avec mon bouclier j'accourus le défendre,
De Pindare au tombeau j'honnorai tous les droits,
Le sage Phocion qui sevit sous mes lois ;
Je vengeai d'un bourreau l'illustre Timoclée,
Et toute sa famille à ses droits rappelée.
Des ennemis d'Ephèse arrêtant la fureur,
De son temple embrâsé je bannis toute horreur.
La vertu fut par moi révérée et chérie,
Et le tombeau d'Achille aux rives de l'Asie.
A Gaza je voulus, malgré la trahison,
De Bétis, mon captif, le plus léger pardon ;
Je ne pus l'obtenir, et ma fureur terrible,
Livra ce cœur barbare au coup le plus horrible,

En vengeant mon outrage et le sang que mon sein,
Y perdit par le trait d'une sanglante main.
Je remis retiré de ses travaux champêtres,
Le bon Abdolomine au rang de ses ancêtres.
Je pleurai, j'honorai le malheureux trépas,
D'un Grec par trop de cœur qui mourut à mes pas,
Et par Sisigambis pour clémence dernière,
Des vaincus eurent plus qu'exigeait leur prière.
Un travail de la Grèce à mes soins aporté,
Pour lui plaire lui fut par mes mains présenté.
Je l'avais cru pour elle un offre bien sensible,
Ce fut en m'excusant qu'il lui fut moins pénible.
Je soignai de mes mains et sauvai du trépas,
Un malheureux pourtant qui ne le croyait pas ;
De la Grèce à l'Oxus, dans la guerre et ses crises,
Par le nombre sans fin de villes par moi prises,
Par leurs peuples défaits, que par-tout je vainquis,
Je rendis des états autant que j'en conquis ;
Et repoussai de moi pour un crime exécrable,
D'un ennemi mourant la femme abominable,
En confiant un autre à sa fidélité,
Et sa mère adultère à la fatalité.
Au gouffre où tout perfide avec art nous entraîne,
Croirai-je horrible encor la mort de Callisthène ?
Philotas conspira ; fut-ce Parmenion ?
Pouvais-je être à ce coup sans rude émotion ?
Aristote fut-il d'un autre le complice,
Le penserai-je encore ou sont-ce des flatteurs,
Qui m'ont trahi, trompé par leurs soins corrupteurs ?
Tout en versant le sang du crime le salaire,

Combien j'en épargnai dans toute ma colère,
Si je parus cruel, né sans férocité,
Pourquoi me força-t-on à cette atrocité ?
D'o lieux scélérats nous trompent nous abusent,
Il n'est plus tems après que des remords excusent.
Les pas de l'innocent sont alors menacés,
Et les coups sont plutôt portés que prononcés,
L'astucieux flatteur cache sa perfi lie,
Le brute est sans égard ; quelle est la fourberie ?
Je fus environné de ces horribles maux,
Je redoutais leurs traits à ces lâches complots,
On eut dû plutôt voir mon peu de méfiance,
Pour l'Arcanien Philippe ayant ma confiance,
Malgré l'avis que j'eus contre cette boisson,
Dont-il sauva mes jours aux antres de Tiphon,
Attalus m'outragea, Sysenès fut un traitre,
Tout vaincu vit en moi plus un ami qu'un maître :
Il m'en fallait quelqu'un, j'en avais cependant,
Mais pourquoi donc teujours 'e courage inconstant,
Souvent dans l'homme a-t-il un degré qui varie,
Lorsque son intérêt cache ce qu'il dénie ?

STATIRE.

De combien de pensers et de réflexions,
Venez-vous d'accabler toutes vos actions !

ALEXANDRE.

Suis-je un tigre altéré de sa fureur extrême ?
Ou comme le lion toujours hors de moi-même ?....
Non, je ne fus point né pour devenir méchant ;

5

Et d'un monstre n'ai point l'exécrable penchant,
Il est permis d'aimer, ce charme est légitime.
Etre faible, en ce point, est un faible sans crime.

STATIRE.

Et le pensant ainsi, ne le disant qu'à vous,
Pouvez-vous oublier les instans les plus doux.
Ah! regardez, du moins, qui pour vous moins aimabl.
Partage le fardeau dont votre âme s'accable.
Si mon cœur sur le vôtre a quelques faibles droits,
Si la guerre est terrible et l'amour a ses lois,
Ah! daignez, bien plutôt, de mes malheurs sensibles
Adoucir les momens sans ces pensers terribles,
Et dites-moi, de vous, qu'attendent les Persans,
Vos soldats, ces apprêts et ces soins menaçans.
Pour augmenter mes maux le sort vous fit-il naître?
De ses sens quand on veut on est toujours le maître,
Après tant de fureurs et tant d'inimitié,
Faut-il parler d'amour en parlant de pitié?
Mes douleurs, mes soupçons; mes craintes et me
        larmes?
Sont-ce encor des témoins qui disent que vos armes
Vont poursuivre ce jour.... Dieux! je n'achève pas
Des mots qui mille fois me donnent le trépas.

ALEXANDRE.

Ah! n'avez-vous pas vu dans mon désordre extrême,
Tout ce que j'ai pu dire et l'égarement même....
Ciel! faut-il pour tourment qu'encor je sois contrain
D'y joindre malgré moi l'arrêt de mon destin,

Et voulez-vous aussi pour rigueur plus certaine ,
Que j'augmente l'excès en vous de tant de peine?
Que vous dirais-je ? O ciel !

STATIRE.

Mais tantôt près de nous
Vous paraissiez , pourtant, suspendre tous vos coups ,
Et laisser les débris d'un malheureux empire
Aux jours infortunés d'un roi qui vous admire.

ALEXANDRE.

Je faisais plus encor....

STATIRE.

Et cet ambassadeur?....
Pardonnez à mon rang déchu de sa grandeur....

ALEXANDRE.

Il n'a rien obtenu.

STATIRE.

Vous n'avez pu l'entendre?

ALEXANDRE.

A ce fatal excès , il réduit Alexandre.

STATIRE.

Qu'entends-je , juste ciel! il vous contraint , qui? vous!
Et Darius va donc expirer par vos coups !

5 *

O ciel ! était-ce là ce que devait me dire
Cette lettre de lui que vous me fîtes lire ?
Alexandre la prit les armes à la main.
D'un père malheureux je reconnus le seing.
Vous parûtes touché du destin de ses armes.
Ah ! votre cœur eût dû mieux déguiser ses larmes.

A L E X A N D R E.

Et d'un pareil détour , vous ? me prêtez le tort.
Il est vrai j'ai marché sur le sang et la mort ;
Et même où le jour offre une clarté bien chère ,
J'ai porté l'épouvante aux rives de la terre ,
Et par moi sur des monts dans un jour ténébreux ,
Le sang a ruisselé dans leurs antres affreux ,
Mais c'est dans un moment de rage et de furie ,
Où commande à l'effroi tout infernal génie ,
Là l'attentat n'est point ou règne la terreur ,
Et quand le crime plane il est où gît l'horreur ,
N'ajoutez point encore au trouble qui m'accable ,
Un reproche qui n'est que pour un cœur coupable.
Sachez que j'ai voulu réparer vos malheurs;
Que dans ce triste jour qui cause vos douleurs....
J'ai mille fois tenté ce que pour une amante ,
Un cœur en ses désirs oppose à la tourmente ,
Dans ce cœur consumé d'un feu plus violent ,
Qu'Ammon n'en a lui-même en son temple brûlant ,
J'ai plus souffert encor de votre peine extrême ,
Que peut-être dans vous ne le montrez vous-même ,
Et si l'amour jamais n'a fait voir à mes yeux ,
Rien même à vous d'égal si ce n'est que les Dieux....

STATIRE.

Et c'est avec es traits dans le fond de votre âme,
Qui m'ont su déclarer l'excès de votre flamme ;
Aux yeux de tous les Grecs, témoins de mes douleurs,
Témoins de mes regrets, témoins de mes malheurs,
Avec ces mêmes feux leur gloire pour vous chère,
Que vous m'avez pu dire en poursuivant mon père,
Que vous aimez sa fille.

ALEXANDRE.

Ah ! sans doute je voi
Combien ce coup encor vous arme contre moi.
Son excès qui m'agite, et m'afflige et me trouble,
Y joint un nouveau trait que la pitié redouble ;
Il m'accable, il m'obséde, et je voudrais pouvoir
Vous en cacher les traits que je n'y veux point voir.
Mais vous savez enfin quelle fureur traîtresse
Mit tant de fois aux mains la Perse avec la Grèce.
Cependant j'en avais pour vous seule en tous points,
Et rendre bien plus doux le bonheur que j'y joints,
Oublié le mépris que votre triste père
Marqua du sceau sanglant d'une aveugle colère.
Mais pour la Grèce enfin et par malheur pour vous,
Il fallait que le sort y seconda mes coups.
Si, sans crime, sans honte et sans lâche injustice,
Au destin qui toujours m'est demeuré propice,
A mes pas triomphans, par-tout victorieux,
Rien n'a pu résister au sort impérieux.
Si lorsqu'à peine entré même dans ma carrière,

Cent peuples ont fléchi, comme la Grèce entière,
Où sur le sang, l'effroi, l'épouvante et la mort,
Ma présence sans cesse a fait pâlir le sort,
A ces traits si passant les bornes de ma sphère,
J'ai fait trembler le monde et l'Asie et la terre,
Et traînant après moi la victoire et l'horreur,
J'ai cherché le trépas au sein de la terreur,
Où l'Asie est encor fumante de carnage,
L'un est de ma vertu l'autre de mon courage ;
C'est vous en dire assez, et plus que je ne veux,
Pour m'en justifier vainement à vos yeux.

STATIRE.

Ah ! quand il serait vrai que la Perse pour chaîne
Dans la Grèce eût porté le tison de la haine,
Sans dire que les Grecs ont bien payé ses coups,
Hélas ! faut-il encor vous en venger sur nous?
O Dieux ! qui ne voit pas que la Perse ennemie,
Des maux qu'elle a causés, n'est que trop bien punie?
Ah! si vengeant toujours mille outrages récens,
Vous les cherchez encor dans le sang des Persans,
Hélas! voyez au moins quelle est cette victime,
Que le destin par vous accable, cherche, opprime.
Malheureux une fois, souvent on l'est toujours?
Où le bonheur finit l'infortune a son cours.
Ah ! si votre valeur nous accable sans cesse,
En croirai je pour moi toute votre tendresse ? . . . .
Vous cherchez Darius, fugitif, malheureux,
Son sort n'est-il donc pas même assez rigoureux?
Ah ! ma mort à ce trait, oui, la mort la plus prompte

Terminera par vous et mes jours et ma honte.

ALEXANDRE.

Moi, causer, dites-vous.... Non ce reproche, non,
N'est pas plus fait pour moi qu'il ne blesse mon nom ;
Et je ne sens que trop le poids qui vous opprime,
J'en crois même observer sous mes pas un abîme.
Mais le malheur, je vois, qui veut se soulager,
Cherche à vaincre ou plutôt n'a rien à ménager.
Sur ce point, vous tâchez de fléchir Alexandre.
Et je dois sur ce point autrement me défendre.
Par vos pleurs, mille fois, donnez-moi le trépas ;
Il s'agit désormais du sort de deux états,
Du destin de la Grèce, et de fureurs cruelles,
De vaincus irrités, de haines mutuelles.
Oui, des Grecs le Persan fut toujours l'ennemi.
Il voudrait l'accabler, s'il n'était asservi.
Il faut que l'un de l'autre, ou doive tout, ou craigne,
Ou, sans se relever, qu'il périsse, ou qu'il règne.
De vaincre Darius est mon premier devoir.
Aux Grecs je l'ai juré : j'en accomplis l'espoir.
Quelles que soient encor vos plus tendres prières,
J'en dois écouter moins vos larmes pour moi chères.
Et tel est mon destin, qu'après avoir voulu
Vous rendre avec mon cœur ce qui vous étoit dû,
D'écouter peu mes feux, le sort qui vous oppresse,
De vaincre les Persans, et de venger la Grèce.

STATIRE.

Eh ! voilà cet amour dans vous qui, sans fureur,

Au trait le plus cruel joint autant de rigueur ?
Vous l'oubliez pour qui ? pour une vaine gloire.
Quoique vous le disiez , non , non , je ne puis croire,
Qu'un cœur si fier , si grand , si juste à tous les yeux ,
En revenant à lui , ne se juge pas mieux.
La Grèce n'est donc pas encore assez vengée ?
La moitié de la Perse est sous ses lois rangée.
Dieux ! de nos maux les Grecs sont-ils donc si jaloux ?
Qu'ils voyent donc quel est leur injuste courroux.
Un père malheureux que le malheur opprime ;
Ses états ravagés des vôtres la victime ;
Son trône entre vos mains , et ses tristes enfans ,
Vous ne l'ignorez pas , qui font tous ses tourmens ;
Une mère expirante , en sa peine mortelle ,
Le déplorable sort que son âge décèle ,
Un roi qui de son sort veut en vain s'arracher ;
Tous ces maux réunis ne peuvent vous toucher.
S'ils n'attendrissent point votre âme magnanime ,
Faut-il donc qu'à vos pieds tombe votre victime.
Que d'un vainqueur terrible embrassant les genoux.

ALEXANDRE.

Malheureuse princesse , hélas ! que dites-vous ?

STATIRE.

Dois-je joindre ce trait encore à ma misère ?....

ALEXANDRE.

Qu'ajoutez-vous , ô ciel ! pour peine plus amère ?

(A part.)

Que dire à son amour ainsi qu'à sa douleur,
Quel nouveau trouble encor s'empare de mon cœur ;
Est-ce l'amour, la gloire... ou faible... plus sensible...
Armons-nous, s'il se peut, d'un effort moins pénible.

(A Statire.)

Ah ! Princesse, cessez pour des droits malheureux,
De me montrer encor ce trouble rigoureux.
Est-ce donc le moment pour ma peine et la vôtre,
Et plus nous accabler de l'augmenter d'un autre ?
Ah ! voyez bien plutôt quel excès de douleur,
Est prêt à s'élever dans le fond de mon cœur ?
Tout malgré moi me force à ce moment extrême,
Et ma gloire, et la Grèce, et mon sort, et vous-même,
Craignez peu cependant je saurai retenir,
Des fureurs que mes soins sauront bien prévenir,
Et Darius lui-même aura peine à le croire,
Hélas ! ce sera pour qu'il en coûte à ma gloire.
Dieux.... Croyez-vous encor que j'en veuille à ses
        jours.....
Ah ! cessez de pleurer. J'en sauverai le cours ;
Craignez moins, et son sort dans les mains d'Alexandre,
Aura, n'en doutez pas, tout lieu de vous surprendre.

(A part.)

Que ce moment encor est pénible pour moi,
Dois-je fléchir.... céder, au trouble où je la vois....
Non....Fuyons, et courons à sa douleur extrême,
Chercher un calme en tout plus digne d'elle même.
                            (Il sort.)

STATIRE.

Ennemi trop sévère un calme à ma douleur,

Lorsque je n'ai pu même encor fléchir ton cœur....
Qu'ai-je ouï?... Qu'as-tu dit ?... Alexandre.... Ah!
        barbare!
Le crime est-il un mal qu'aisément on répare?
Ah! que m'as-tu promis? Et quoi! dans les combats,
Peut-on voir, peut-on même arrêter le trépas?
Le bras est tout sanglant, le regard est farouche.
Que's mots, pour m'accabler, sont sortis de ta bouche?
Ah! même la clémence, en ce moment d'horreur,
N'est-elle pas souvent un reste de fureur?
Crois-tu, si je te vois sans pitié pour un père,
Que pour moi ton amour en deviendra plus chère....
Ah! te voyant marcher souillé de son trépas,
Tu me verras, cruel, acharnée à tes pas,
De noms les plus affreux accabler ton courage,
A ton cœur inhumain les redire au carnage,
Au jour, au ciel, au monde, à la terre, à l'éclair,
A ces monts effrayans, aux gouffres de l'enfer,
A toute la nature, aux serpens des furies,
Aux monstres des forêts, aux vengeances impies;
Et si j'en puis trouver d'autres dans ma douleur,
Tu m'en verras flétrir ta barbare valeur.

SCENE III.

STATIRA, STARIRE.

STATIRE.

Ah! ma fille, calmez cette douleur mortelle,
Et du moins à mes yeux ne la rendez point telle.

De Bessus près de vous je cherche en vain les pas.
Ah! ma fille, a-t-il pu suspendre ces combats?
Bessus, sans nous parler, s'en retourne sur l'heure.
Je n'eusse point ici demandé qu'il demeure;
Mais je crois qu'il eût dû venir nous consoler,
M'entretenir au moins, et du moins nous parler.
Si de l'homme en ses maux l'âme trop détenue,
Par de sombres pensers n'est point mal prévenue,
Je soupçonne, je crains, et Bessus me paraît,
Pour nous et Codoman un traître sans regret.
Mais vous venez ici de revoir Alexandre.
De ce cœur inhumain que venez-vous d'entendre?
Il devait arrêter ses funestes succès.
A mon époux, hélas! accorde-t-il la paix?
De vos larmes, ma fille, a-t-il pu se défendre!
Mais, que vois-je? Vos yeux redoutent de m'apprendre...
Et vos pleurs qui sur lui n'ont point eu de pouvoir....

S T A T I R E.

Ah! sans doute Bessus aura fait son devoir.

S T A T I R A.

Ciel! et c'en est donc fait.... O reste de misère!....
Ah! cessez par vos pleurs d'accabler une mère.
Ma fille, vous voyez qu'au bout de trente hivers,
Qu'à régné Darius sur cent peuples divers,
A quel abaissement son âme s'est livrée.
Il a pu, pour sauver une honte éplorée,
Par trois fois à nos yeux demander une paix,
Avec des pleurs qu'avant il ne versa jamais.

Vous avez vu pour vous tout ce que son courage
A voulu même offrir au vainqueur qui l'outrage,
En cherchant un recours à ses secrets amers,
Hélas ! il a tâché de nous ôter des fers,
Qu'imposa le destin à toute sa famille,
O Dieux, ce souvenir vous accable, ma fille,
Ah ! du moins, à mes yeux épargnez de tels pleurs,
Ne nous imputez pas l'effet de vos malheurs.
Non, Codoman n'est point par ses excès un père
Qui laisse des enfans jouets de sa misère.
S'il l'eût pu, de nos maux on l'eût vu se venger,
Quel qu'en eût pour lui-même été tout le danger.
Mais Darius respire, et du sein de la honte,
Il n'est point de malheurs que son cœur ne surmonte.
Il peut.... Mais, ciel ! quel bruit dans ce bois dont
    l'horreur....

STATIRE.

Est-ce encor quelques Grecs dont l'injuste fureur....

SCÈNE IV.

DARIUS, STATIRA, STATIRE.

DARIUS, *à part.*

INCERTAIN, inquiet, je me trouble, m'agite,
Je m'égare, m'accable et me cherche et m'évite.

STARTIA.

O ciel ! de quels accens mon cœur est prévenu ?

S T A T I R E.

De même, qu'ai-je ouï? le mien en est ému.

D A R I U S.

Hélas! de mes malheurs, le seul dépositaire,
Je reviens un moment dans ce lieu solitaire,
Dieux! j'entends quelque bruit dans ces terribles lieux,
Je croyais être seul sous ces paisibles cieux,
Près d'antres ignorés et de retraites sombres,
Le malheur a besoin du silence et des ombres.

S T A T I R A.

Est-ce une vaine erreur qui vient frapper mes sens,
Croirai je encore ouïr ici quelques Persans,
Et quelle voix, ma fille, vient de se faire entendre.

S T A T I R E.

Notre infortune, hélas! nous fait-elle méprendre.

D A R I U S.

Qu'entends-je aussi, que vois-je, et quels objets cer-
tains,
Semblent ici se joindre à mes tristres destins!
Avançons encor plus.

S T A T I R A.

　　　　　Ma surprise, est étrange,
Est-ce au lieu de nos maux du bonheur un échange?
Ou plutôt est-ce encor quelque ennemi sanglant....

DARIUS.

Plus j'approche, et je crois que quelqu'être tremblant...
(*En allant à son épouse.*)
Je ne me trompe point, cher objet que ma vue,
Rencontre dans ce lieu dont l'âme semble émue....

STATIRE.

Ma surprise redouble.

DARIUS.

A mon sort douloureux,
Ne vous dérobez point, je suis un malheureux,
Accablé de ses maux son sort est déplorable.

STATIRE.

Quel voix, ciél! encor!

STATIRA.

Comme vous misérable,
Comme vous le cœur plein d'amertume et de fiel,
(*Se retournant.*)
Que vois-je, Dieux!

STATIRE, *l'appercevant de même.*

Mon père, juste ciel!

DARIUS.

O prodige! ô destin! ô sort! est-il possible,

Cher époux , vous ma fille en cet instant terrible.
Est-ce vous....

STATIRA.

Ciel ! aussi Codoman , est-ce vous,
Dans ce moment cruel qui vous offrez à nous ?
Ah ! je rends grâce au ciel , de sa bonté suprême ;
Mais malgré ce bienfait pour notre peine extrême ,
Quel secours bienfaisant de sa divine loi ,
A conduit mon époux ce jour auprès de moi ?
Par tout environné de sang et de ravages,
Est-ce pour nous ôter à des tigres sauvages,
Et vous , cher Codoman , dans le sein du malheur,
Malgré ce doux surcroit d'un semblable de bonheur,
Malgré le sort ainsi que votre épouse implore ,
Jusqu'au sein du malheur qui vous amène encore ?
Quelle ardeur , ou plutôt quels efforts tout nouveaux ,
Vous font chercher vers nous vos plus cruels bourreaux ?
Retournez.....

STATIRE.

Ah ! fuyez....

DARIUS.

Moi fuir , quand mon courage
Ici va d'un barbare enfin punir l'outrage,
Quand le destin qui m'offre à des objets si chers ,
Sur l'heure , m'y fait voir pour y briser vos fers.
Ah ! le sort à la fin qui sert mon espérance ,
M'a guidé près de vous pour votre délivrance.

Je n'en essuierai plus le destin des combats ;
Et j'en vais recevoir ou donner le trépas.

STATIRE.

Ah ! mille fois, plutôt près de vous expirantes,
Vous verrez sous le fer nos peines innocentes.
S'immoler elle-même et joindre votre sang,
A des jours malheureux sortis de votre flanc.

DARIUS.

Ah ! molérez, ma fille, une semblable peine,
Et pour moi n'ayez point une espérance vaine.
Doutez-vous de mon bras ? croyez-vous que ma main,
D'un jeune audacieux ne puisse ouvrir le sein ?
Lorsqu'il m'a tout ravi, mes enfans et mon trône,
Mon rang et mes états, mon sceptre et Babylone,
Que par l'affreux conseil, et perfide, et pervers ;
D'un cœur né détestable et digne des enfers,
De ce cœur accouru pour trahir et se vendre,
Persepolis a vu ses murs réduits en cendre,
Et qui joint le barbare au rang de destructeur,
Celui de conquérant et de triomphateur.
Je n'aurai plus besoin en un jour si terrible,
De soutiens ou d'appui plus ou moins invincible,
Ce jour va décider entre moi ses fureurs,
Qui de nous va remplir ces champs de plus d'horreurs.
Je rends grâce de plus pour tant de bienveillance,
A ces cieux de les voir combler mon espérance,
Et d'en faire témoins ensemble et tour-à-tour,
Et mes champs, et ces lieux, et la terre, et le jour,

STATIRA.

Ah ! par ce coup encor que prétendez-vous faire ?
Notre image à vos yeux n'est-elle donc plus chère
Pour hasarder ainsi des jours infortunés ,
Que les Persans encor n'ont point abandonnés ?
O ciel ! déjà l'on vient , quel courroux vous anime ?

STATIRE.

Juste ciel ! qui des deux deviendra la victime ?

SCÈNE V.

DARIUS, STATIRA , STARIRE , CÉPHIRE.

CEPHIRE.

(appercevant Darius.)
AH ! Madame , apprenez. Que vois-je !.... O Dieux !
Seigneur ,
Pardonnez ma surprise en ce moment d'horreur.
Quel aspect ! quelle vue a lieu de me surprendre....

DARIUS.

Viens-tu m'en annoncer l'approche d'Alexandre ?

CEPHIRE.

Ah ! vous voyant , Seigneur , près de nous dans ce camp,
Je suis si fort en proie à mon étonnement ,
Que j'ai peine à pouvoir un moment vous répondre.
Hélas ! puisque le sort a voulu vous confondre ,
Rendez-vous bien plutôt à des soins plus pressans.
Alexandre , sur l'heure , a rejoint les persans ,

6

On le voit le bras nud, et la terreur pour guide,
Animer tous les siens d'un regard intrépide,
Et dans ce même instant un de ses bataillons
Attaque votre armée, et l'a jointe en ces monts.

DARIUS.

(A Statira et Statire.)

Dieux! qu'entends-je! courons. O restes de moi-même,
Au moment que le ciel, par sa bonté suprême,
Auprès de mes bourreaux me montroit à vos yeux,
Un sort dur et cruel m'arrache de ces lieux.
Le barbare destin me dérobe Alexandre;
Mais je cours vous venger, mais je cours vous défendre.

STATIRA.

Que mon époux, dit-il ? Seul, fugitif, errant,
A-t-il ceux qui jadis au granique mourant....

DARIUS.

Que me rappelez-vous, souvenir qui me tue,
Comme de mon esprit, je l'ôte de ma vue.

STATIRA.

Hélas! qu'espérez-vous de l'horreur des combats
Qui souvent défend mal, et ne nous sauve pas,
Vainement....

DARIUS.

Pouvez-vous me le redire encore,
Contre des ennemis dont la haine m'abhorre.

STATIRE.

O mon père! oubliez.... Ou plutôt près de vous,
Que le poids de vos maux retombe tout sur nous.

DARIUS.

Quoi, vous-même, ma fille, incertaine, troublée....
De quelqu'autre malheur seriez-vous accablée?
Mon ennemi peut-être aura su vous charmer?
Auriez-vous pris le soin de vous en faire aimer?
Vous pâlissez, grands dieux! ô comble de l'outrage
Qui m'absorbe encor plus, et m'ôte le courage,
Ai-je quelqu'autre maux encore à redouter?

STATIRE.

Ah! plaignez-nous plutôt que de vous irriter.

DARIUS.

Eh! quoi, vous avez pu trahissant votre père....

STATIRA.

Ah! ne le croyez point, elle vous est bien chère.

STATIRE.

Non, vous ne l'êtes point, j'en jure notre loi,
Vous, le grand Zoroastre, et mon cœur et ma foi;
Que n'ayant point trahi le jour qui me fit naître,
L'illustre sang Persan qui m'a pu donner l'être,
Que celui de Cirus que vous m'avez transmis,
S'est vu, non sans frémir, à des tigres soumis.

6 *

Un cœur dénaturé, la honte de la terre,
Une fille doit-elle oser trahir son père ?
Mais je vous dois, pourtant! dire la vérité;
Que pour vous l'avouer mon cœur est agité.
Hélas! votre ennemi, je ne puis vous le taire
A trouvé, malgré moi, le secret de me plaire,
Mais quel qu'il soit pour vous abhorrant tout forfait,
Alexandre est plus grand qu'il ne vous le paraît,
Et tout plein de fierté comme de grandeur d'âme,
Il m'a par ses vertus fait même aimer sa flamme ;
Le moindre des instans l'a vu pour vos malheurs,
Ainsi que pour nos maux répandre bien des pleurs.

DARIUS.

Et l'infortune ainsi l'a pu rendre sensible.

STATIRE.

Son cœur est plus humain qu'il ne semble inflexible.

DARIUS.

Puisque tels sont, hélas! Mes maux accumulés;
Vous voyez qu'il en est dans nos sens accablés,
Tombent sous le fardeau, lorsqu'en sa barbarie,
Le sort les a frappés des coups de sa furie.
O moitiés de moi-même! O vous que sur mes pas,
J'étais loin de serrer ce jour entre mes bras ;
D'après ce que j'entends, en ce moment terrible,
Que vous rendez pour moi désormais moins pénible,
Qu'à mes yeux vous peignez ce farouche vainqueur.
Cet Alexandre enfin si grand dans sa fureur,

Sans peine je me rends à vos tendres prières.
Pour mes maux, vos malheurs, pour mes peines der-
      nières,
J'y consens, fléchissez ce vainqueur rigoureux,
Qui, quoique impitoyable, est pourtant généreux.
Si rien ne peut fléchir cette âme magnanime,
Qu'il joigne, sans pitié, l'outrage au mésestime,
Que de la gloire encor ses sens soient éblouis,
Si vos malheurs, les miens; si vos maux inouis,
Si l'amour sur ses sens, si vos douleurs, vos larmes,
Ne peuvent rien, enfin, sur les Grecs et ses armes,
Que pour moi ces vautours dans leurs cœurs dévorans,
N'ayent que les fureurs de tigres déchirans,
Que sans cesse je sois par le sort implacable,
Contraint à redouter leur fureur détestable.
Et si le ciel, toujours irrité de mes coups,
Par ma défaite encor fait revoir son courroux,
Vous, ma fille, pleurez, soulagez une mère,
Pleurez votre pays, et non pas votre père.
Il court.... Puisse le sort adoucir ses malheurs!

STATIRA.

Darius....

STATIRE.

Ciel! mon père.

DARIUS.

          Ah! retenez vos pleurs,
Pour un infortuné qui daigne encore vivre.

Il vous quitte à regret ; vous ne pouvez le suivre.
C'est trop tarder, il vole où l'appellent les Dieux.

(*Il sort.*)

STATIRE.

Juste ciel ! il échappe à nos derniers adieux.

STATIRA.

Et le destin, pour mettre un comble à nos disgraces,
Nous force à ne pouvoir au moins suivre ses traces.
Le malheur dans les fers n'a-t-il plus de recours?
Quels sont donc de ces bois les funestes détours?
Et comment Darius, sous ces ombres funèbres,
A-t-il pu pénétrer l'horreur de ces ténèbres?
Si, sans craindre la mort, dans ces bois orageux,
Il en a pu percer les replis ténébreux,
Entre lui, nos destins et nos peines extrêmes,
Les malheurs sont communs, suivons les siennes
              mêmes ;
Et que nos pas ici détrempés de nos pleurs,
N'en montrent que la trace à nos persécuteurs.

STATIRE.

O ciel ! par un recours digne d'un cœur vulgaire,
A des cruels ainsi prétendre nous soustraire!

STATIRA.

Ah ! pardonnez, ma fille, à l'excès de mes maux,
Puisqu'il le faut, allons retrouver nos bourreaux.

SCÈNE VI.

STATIRA, STATIRE, CÉPHIRE.

CÉPHIRE.

Ah! madame!....

STATIRA.

Que vois-je?.... et que viens-tu me dire ?
Quelle douleur t'agite , et quel trouble t'inspire ?
Qu'as-tu vu ? que sais-tu ? Quel danger , quels périls ?
Darius.... Alexandre.... achève , que font-ils ?....

CÉPHIRE.

Un malheur bien plus grand que l'on vient de m'ap-
            prendre,
Madame , va bientôt comme moi vous surprendre.
Un Persan , près d'ici , qui craint d'être connu ,
A l'instant vient de voir dans un sentier perdu
Qui mène vers ce bois par une route affreuse,
Nabarzane conduire une troupe odieuse ;
Loin des yeux de Bessus et du camp des Persans ,
Ce sont des Bactriens, leurs yeux sont menaçans ,
Leurs farouches regards , et leur marche inquiète
En cachent , m'a-t-il dit , une trame secrète.
Il allait achever , lorsqu'un soldat du camp,
D'auprès de moi l'a fait éloigner sur le champ.

STATIRA.

Ciel ! cours le retrouver ce Persan , qu'il revienne ,
Et se hâte de dire ici ce qui l'amène.

CEPHIRE.

Sans l'ordre d'Alexandre il n'y reviendra pas ,
Il craint que pour vous même on découvre ses pas.

STATIRA.

Ma fille , c'est à vous.

STATIRE.

                    Ciel ! par un sort bisarre ,
Il me faut donc encore implorer un barbare. ...
Dieux ! quel destin cruel y force encor mes jours ,
Lorsqu'en vain de mes pleurs employant tout le cours ,
Un moment je n'ai pu le rendre au moins sensible ;
Mais à la fin un cœur cesse d'être inflexible.
Pour un nouvel effort tâchons de la pitié ,
D'employer le recours contre l'inimitié.
Peut-il être un malheur ainsi qu'une faiblesse
A laquelle un cœur juste au moins ne s'intéresse ?
Allons , puisqu'il le faut.... Puisse hélas ! ma vertu
Faire sur son amour ce que mon cœur n'a pu.

Fin du quatrième Acte.

ACTE V.

SCÈNE PREMIÈRE.

CLITUS, ALEXANDRE.

ALEXANDRE.

Ah! je l'avais bien dit, que la gloire en mon âme
L'emporterait, Clitus, sur l'excès de ma flamme,
Et que l'on me verrait ne pas vaincre à demi
Le dangereux appât d'un pouvoir ennemi.
Cette âme trop long-tems à la Grèce soustraite,
A rougi d'un moment qui marqua sa défaite.
Des larmes, des regrets m'ont cependant touché;
Mais de tels pleurs, Clitus, je me suis arraché.
Ai-je encor pour la Grèce à prendre une victime?
Je voudrais être en proie au gouffre d'un abîme,
Aux champs des Malliens j'ai pu risquer mes jours,
A mon sort mon pays j'en consacrai le cours.
Comme un simple soldat dans ce climat sauvage,
Je m'y livrai sans peine à mon trop de courage,
Je m'y défendis seul tout couvert de mon sang,
Entouré d'ennemis, et l'acier dans le flanc,
J'immolai qui me put attaquer sans me craindre,
Et manquai d'y périr, sans gémir, sans me plaindre.

Dans ces lieux ennemis de la nuit et du jour ,
Orageux , ténébreux , effrayans tour-à-tour.
Si , franchissant des murs ou m'y tenant à peine,
Seul , sans mon cœur , mon bras , ma mort était cer-
          taine ,
Où sans cesse frappé , percé de mille traits ,
Redouté d'aissaillans encor que j'immolais ,
A peine défendu par un épais feuillage
Que pour me soutenir saisissait mon courage ;
(Danger que tous les Grecs m'ont bien dû reprocher ,)
Je perçai tout ainsi qui m'ôsait approcher ,
Et tombant sur moi-même en cet instant pénible ,
J'y portai même encor le coup le plus terrible ,
Non de pareils instans sont bien moins douloureux,
Que le trait que l'amour rend pour moi rigoureux.
Tel effort , sur mes feux , tel effort sur moi-même
L'ai-je pu faire encor contre tout ce que j'aime ?
Et sans être inhumain , et sans être cruel !....
Qu'il en coûte à mes sens , qu'il est pénible , ô ciel !.,..
Que je crains désormais pour peine plus atroce ,
Sans moi.... qu'un autre un jour d'une audace féroce....
Par d'odieux excès dans sa lâche fureur ,
En blessant un cœur pur le livre à son horreur. ...

CLITUS.

Une pitié semblable est d'une âme sincère ,
Qui plaint un malheureux prend part à sa misère.
Mais le coup fût long-tems par la Perse porté ,
Et de vaincre le sort est à la fin jetté.
Ainsi je savais bien que ce trait dans votre âme

N'aurait pas plus d'effet que toute votre flamme.
Que celui qui soumit tant d'états à ses droits,
A ses feux mal éteints imposerait des lois,
Et marchant pour la Grèce au sentier de la gloire,
Au bien de son pays donnerait la victoire.
Et tout en prenant soin de l'infortune aux fers,
N'en pourrait oublier des momens pour nous chers,
Ce trait fait de vous même et de votre vengeance,
Admirer le courage ainsi que la clémence.

ALEXANDRE.

Et pour ces nouveaux soins, en ces momens pressans,
Cherche-t-on dans ces bois les traces des Persans,
En a-t-on pénétré les routes les plus sombres,
Et n'y découvre-t-on que le séjour des ombres?

CLITUS.

A vos ordres, déjà Ptolomée, Amintas,
Vers le haut de ces monts font marcher vos soldats,
Des pas de Darius on ignore la trace,
Et d'une solitude on ne voit que la place.
Dans des sentiers affreux, sous un ciel plus épais,
Sont de nouveaux climats propices aux forfaits.
Lisimaque et Cratère avec même courage,
Y portent à leurs pas l'appareil du carnage.
Et l'on entend, dit-on, un bruit sourd et confus
Qui doit nous annoncer le camp de Darius.
Aristandre, à l'autel, de victimes sanglantes
Fait parler à nos yeux les entrailles fumantes.
L'empire des Persans bientôt touche à sa fin ;

Et ce jour, (a-t-il dit) *tombe sous votre main.*
Mais qu'apperçois-je? On vient.... et l'ennemi peut-
       être
Est aux pieds de ces monts, et commence à paraître.

ALEXANDRE.

Il suffit.... Mais, Clitus!...., que vois-je? où suis-je, ô
       ciel!

———————————————

SCÈNE II.

ALEXANDRE, CLITUS, STATIRE, CEPHIRE.

STATIRE, *à part à Cephire.*

Ah! je vois Alexandre. Oui, cours à ce mortel.
             (*Cephire la quitte.*)
  (*A Alexandre.*)
Ah! Seigneur, demeurez, que pour faveur dernière,
J'obtienne au moins de vous une grâce bien chère?
Un Persan que l'on voit sur l'heure dans le camp,
Et qui voudrait ici nous parler à l'instant,
Par votre ordre, Seigneur, peut-il se faire entendre?

ALEXANDRE.

Princesse, et qui l'empêche!.... il peut vers vous se
       rendre.
Je vous laisse ici même à l'instant lui parler.
Et dans cet entretien ne veux point vous troubler.

(*A part.*)

Je sens que je ne puis résister à ses charmes,

La guerre.... mes succès.... mes triomphes.... mes
   armes....

Ma gloire.... mes combats.... mes peines.... ses douleurs....

Clitus, éloignons-nous, échappons à ses pleurs.

     (*Il sort avec Clitus.*)

SCÈNE III.

STATIRE, *seule.*

Ah! cruel, est-ce là la réplique inhumaine,

Sans pitié que tu fais à mon âme incertaine,

Que tu feins, sous les traits d'un peu d'humanité,

Être le poids pesant de la nécessité?

Toi! me troubler, cruel, ton cœur est-il sincère,

Ah! que pour mon bonheur n'es-tu donc moins sévère?

Hélas! est-il un sort plus dur, plus malheureux,

Qu'un captif sous le poids de ses fers rigoureux?

N'ai-je à tes yeux paru que faiblement me plaindre?

Que j'apréhende un sort pour moi bien plus à craindre?

Pour l'entendre bientôt ici se prononcer,

O Dieux! que ce soldat nous va-t-il annoncer,

Dont tu ne sois l'auteur, que je ne te reproche. ....

Pour m'en instruire, ô ciel! que vois-je et qui s'approche?

SCÈNE IV.

STATIRA, STATIRE.

STATIRA.

Oui, si Bessus, ma fille, est encor dans ces lieux,
Gardez-vous de parler à ce montre odieux.
Ce Persan a tout dit à mon âme éperdue.
Si l'on eût vu la paix par ce monstre obtenue,
Par ce bien pour un mal que le traître tramait,
En retournant au camp; il nous assassinait.

STATIRE.

Ciel ! Bessus !....

STATIRA.

       Ce mortel qui vient de m'en instruire,
Est un des Bactriens qu'il a voulu séduire,
Qui feignant de se rendre à cet affreux complot,
A tâché de venir nous l'apprendre aussitôt.

STATIRE.

Juste ciel ! et ce monstre avec tant de furie....

STATIRA.

Ce n'est qu'un des forfaits dont son âme est noircie ;
Il ne se borne pas, ma fille, à notre mort.

STATIRE.

Il est encor sur nous un autre coup du sort.

STATIRA

Ah! vous-même, apprenez jusqu'où ce monstre horrible,
Par plus d'un attentat porte son homicide.
Les jours de Darius près de se voir tranchés,
Peut-être vont par lui, ce jour, être arrachés.

STATIRE.

Il ajoute ce comble à tant de perfidie.....
Ah! comment empêcher que sa lâche furie....
Ce soldat eût mieux fait d'avertir Darius.

STATIRA.

Epié, m'a-t-il dit, près du camp de Bessus,
S'il n'avait pas suivi cette route inconnue,
Vers Codoman sa marche eût été reconnue.
C'en est fait, Darius par ses barbares mains,
Va voir dans un moment terminer ses destins,

STATIRE.

Qu'ajoutez-vous encor à ce comble de crime,
Quoi! sans égard au nœud, Bessus pour sa victime,
Horriblement oser jusques en notre sang,
Et servir Darius pour lui percer le flanc,
Songer si lâchement le lieu, l'endroit, la place,
Je frémis, je frissonne, et mon sang qui se glace...
Je succombe.... Mais non, contre une telle horreur,

Je pourrai lui trouver peut-être un défenseur ;
Pour l'auteur de mes jours je ne sais qui m'inspire ;
Par un reste d'espoir je sens que je respire ;
Son terrible vainqueur fut dans son dur destin,
Sans pitié quelquefois , mais il est juste enfin.
O vous tendre moitié d'un trop malheureux père ,
Oui , reprenez vos sens , et si je vous suis chère ,
Croyez que Darius ce jour ne mourra point.
Je cours vers Alexandre , et ma douleur le joint.
Devant lui désormais je brise toute entrave ;
Je cours , et ne vais plus lui parler en esclave.
Je vais lui reprocher ses coups peu limités ,
Tous les malheurs par lui dans la Perse apportés ,
Ses bontés, ses bienfaits , ses fureurs et ses crimes ,
De lui , des siens , des Grecs les bien tristes victimes.
Si mes plaintes , mes pleurs , mes reproches , mes cris ,
Ne sont pas à ses yeux d'un assez digne prix....
Le cruel va me voir de cette main sanglante ,
Montrer à ses regards son esclave expirante. ...
Mon sang lui prouvera combien mon triste sort ,
Se séparant de lui redoute peu la mort ;
Oui , j'y vole à l'instant fléchir sa haine extrême ,
Ou plutôt immolée y périr par lui-même.

STATIRA.

Ma fille , où courez-vous ?....

STATIRE.

Empêcher un forfait.
Alexandre le doit , tout ennemi qu'il est ,

Et ce crime à ses yeux doit paraître exécrable.

(Elle sort avec Cephire.)

SCÈNE V.

STATIRA, seule.

O CHER objet ! qui cours d'un sort inévitable
Réprimer sur nos jours les rigoureuses lois,
De l'infortune aux fers réclamant tous les droits,
Cher objet, comptes-tu fléchir ce cœur féroce,
Qui du Grec né barbare à la valeur atroce ?
Non, ne t'en flatte pas, tes soins sont superflus;
Et pour toi, Codoman, c'est un affront de plus.
Alexandre veut mettre une borne à ta vie;
Il semble qu'à tes maux il porte même envie.
Et le sort qui te veut immoler par les siens,
Non content te veut voir accabler par les tiens,
Ciel ! que vois je ? il approche, à cet air moins terrible,
Empressé, mais tranquille, agité, mais paisible,
Qui dirait que les Dieux, d'un trait illimité
Aient placé sur ce front tant de férocité ?

SCÈNE VI.

STATIRA, ALEXANDRE, CLITUS.

STATIRA.

S EIGNEUR, d'après un sort dont votre âme sincère,
A chaque jour sur nous calmé l'arrêt sévère;
Avec ce front serein qui ne se donne pas,
Que l'on a rarement au milieu du trépas,

7

Hélas! vous a-t-on dit?....

ALEXANDRE.

                    Je vous revois, madame,
D'un tel chagrin encore inquiéter votre âme,
Ah! calmez-en l'excès pour être rigoureux,
On peut bien posséder un cœur né généreux.
Je n'ai jamais été si cruel si barbare,
Qu'un monstre furieux que son horreur égare,
J'ai quelquefois gémi sur mes emportemens,
Mais qui les put causer eut ses égaremens,
Que les princes toujours n'ont-ils auprès d'eux-mêmes
Pour prévenir souvent des fureurs trop extrêmes,
Que de dignes amis d'un cœur humain et doux,
Et que le sort aussi ne nous fait-il donc tous.
Au reste vous savez si votre peine chère,
Ma fait manquer en vous au nom d'épouse et mère,
Et de combien d'égards, d'amitié, de douleurs,
De tendresse et de soins j'ai payé vos malheurs.
Loin de tristes regards, ainsi dans votre tente,
Allez, et retournez contentez votre attente.

STATIRA, à part.

Qu'entend-je? quoi qu'il dise! on ne peut le fléchir.
Ma fille.... rien.... ô ciel! je n'ai plus qu'à mourir.
                              (Elle sort).

CLITUS.

Oui, Seigneur, à l'instant, dans de rudes traverses,
On vient de découvrir les étendards des Perses,
Dans de fertiles champs qu'environnent ces monts,

On y voit Darius serrer ses bataillons.
Et ce qui va, Seigneur, d'autant plus vous surprendre,
C'est que dans un moment on peut même s'y rendre,
Et que déjà les siens sont en ordre rangés.

ALEXANDRE.

Clitus, il me suffit, mes ordres sont changés,
J'ai peut-être trop fait pour ma gloire et la Grèce;
Mais tel est du malheur la fureur vengeresse !
Immolant tout barbare et lui perçant le flanc,
Epargnant les vaincus et ménageant le sang,
Que l'on laisse en ces lieux, aux cris de la victoire,
Le sang de Darius ignorer notre gloire.

SCÈNE VII.

STATIRE, ALEXANDRE, CLITUS.

STATIRE, *à part.*

AH ! je le joints enfin, et c'est lui que je voi.

ALEXANDRE, *à part à Clitus.*

Qu'apperçois-je ! Clitus ? toujours maître de moi,
Pourrai-je résister à sa peine mortelle,
Sans que mon âme encor ne l'éprouve pour elle.

STATIRE, *à part.*

Dans mon trouble, grand Dieux, ne m'abandonnez
pas,

7 *

Je sens que mes genoux fléchissent sur mes pas,
Ah ! quand on est auprès de ce qui sait nous plaire,
Que l'on rabaisse bien de toute sa colère !

       ALEXANDRE, *à part à Clitus.*

O Dieux , Clitus, fuyons.

         STATIRE, *courant à lui.*

              Ah ! demeurez , seigneur,
Et du moins écoutez un reste de douleur ,
Hélas ! je ne viens point par de nouvelles larmes,
Pour arrêter encor le succès de vos armes.
Je ne rappelle point des maux qui sont passés,
Trop connus , et déjà par d'autres remplacés.
Mais , si de plus cruels vous apprenez la trame,
Enfin , si la pitié peut entrer dans votre âme ,
Pour un trait inouï , je viens vous conjurer ;
Ce n'est point pour mes jours que je viens l'implorer.
Quand on a des malheurs éprouvé l'infortune ,
La vie , hélas , n'est plus qu'une source importune.
Si votre cœur est juste autant que valeureux,
Il ne doit pas toujours demeurer rigoureux ,
Si souvent l'équité fut étrange à la terre ,
Au cœur du magnanime elle doit être chère ,
Hélas , apprenez-en quels coups sur Darius....
Mais déjà tous mes pleurs ont été superflus,
Je tremble.....

       ALEXANDRE.

O Dieux! parlez.

STATIRE.

Ah ! le pourrai-je encore ?....
Dans le trouble où je suis... Que faut-il que j'implore...
L'effroi qui m'environne.... Un sort horrible affreux....

ALEXANDRE.

Ciel ! poursuivez, ô ciel ! quel dépit douloureux...

STATIRE.

Pour moi même, pour vous.... Ah ! je n'ose vous dire....
Et mon père. ...

ALEXANDRE.

Achevez....

STATIRE.

Hélas ! peut-être expire,
Et dans ce même instant, peut-être que les coups
En sont déjà portés.

ALEXANDRE.

Dieux ! que m'apprenez-vous ?
Quel assassin.

STATIRE.

Un traître, un monstre, un lâche, impie,
Un barbare animé d'une horrible furie,
Qui pour lui-même ici vous demandait la paix,
Est celui que sa rage entraîne à cet excès.
Ah ! Darius mourant, perdant son diadème,
Près d'être assassiné, trompé par les siens même,
Par les siens mis aux fers, aura-t-il un ami ?

ALEXANDRE.

Vous doutez....

STATIRE.

Et qui peut ?

ALEXANDRE.

Qui ! moi, son ennemi.

STATIRE.

Dieux ! qu'entends-je ? O vertu dont l'ardeur plus
    qu'humaine. . . .
Mais, Seigneur, le tems presse.

ALEXANDRE.

Ah ! calmez tant de peine,
Un traître.... Que vos sens en soient moins
    abattus.
Darius.... Ah ! montrez des sens moins éperdus.
Oui, par une fureur à son outrage égale,
A sa suite dernière heure pour lui fatale,
Tout vaincu qu'il était en lui perçant le sein
Je desirais offrir ce triomphe à ma main.
Mais enfin la clémence est une double gloire,
Que le cœur magnanime ajoute à la victoire,
Avec vous, j'en conviens, il est plus glorieux,
De rapprocher son cœur du sort d'un malheureux.
Oui, je cours immoler un tigre détestable. . . .
Qui prend l'assassinat pour principe exécrable,

Est un monstre effrayant.... Calmez votre douleur.
Je vole où Darius en proie à tant d'horreur....
Me prier , ce serait outrager Alexandre.
Je courais le combattre , et je cours le défendre.

(*Il sort, Clitus le suit.*)

STATIRE.

Alexandre, il se peut, tu serais désormais
A celle qui n'eût cru n'être à toi pour jamais.
O mortel , à la fois barbare et magnanime ,
Que mon amour dément , mais toujours que j'estime ,
Le croirai-je ? Il se peut que ton cœur généreux
Secoure un ennemi , lorsqu'il t'est dangereux ?
Toutefois, te voyant au comble de ta gloire ,
Est-ce à mon triste cœur d'en perdre la mémoire ?
Est-ce à moi d'oublier tous les maux que tes coups,
Du Granique au Bumèle ont transmis jusqu'à nous?
Quand le cœur et les yeux étincelant de rage ,
Y faisant voir alors ton barbare courage ,
Sur tous les miens vaincus , pour la première fois,
Tu traînas dans le sang la dépouille des rois?
Ah ! ne t'ai-je pas vu, dans ces instans d'orage ,
Aux coups de Codoman opposer ton courage ,
Et brisant les débris de nos chars renversés ,
En fouler sous tes pieds les restes fracassés ?
Leur pompe, leur éclat , par une rage étrange,
L'émail, l'or, leurs brillans tous par toi dans la fange,
Les plus riches trésors dans la poudre enfouis ,
Recherchés par les mains des tiens plus inouis ;

Du soldat rigoureux sans frein dans sa furie,
L'avidité barbare abominable impie,
Et joint au meurtre , au rapt, dans leur cœur effrené,
Sans pitié , sans égards , l'outrage forcené ,
Mais si par de tels coups la Perse a cessé d'être,
Et vit souiller ainsi le sol qui me fit naître.
O Patrie ! ó mon père, ó trône des Persans !
Et vous, illustres rois, aïeux dont je descends,
Vais-je donc voir en vous revivre cet empire,
Que les mains d'un barbare avaient voulu détruire ,
Ces Etats presqu'en cendre , où jadis douze rois,
Depuis son fondateur, virent fleurir leurs lois !
Hélas, puis-je penser que le sort m'ait choisie
Pour faire un défenseur du vainqueur de l'Asie ?
Le dois-je croire , ou bien est-ce un songe flatteur,
Qui de mes sens troublés vient augmenter l'erreur?
Un soupçon, de nouveau m'agite , me dévore.
Quand l'orage n'est plus , pourquoi faut-il encore
Que de tristes pensers , du sein des éternels,
Viennent troubler les jours des malheureux mortels?

SCÈNE VIII.

STATIRE, CEPHIRE.

STATIRE.

Ah ! Cephire , viens-tu , par un soin moins funeste ,
Ranimer dans mon cœur la force qui lui reste ?

Que sais-tu ? t'a-t-on dit que l'odieux Bessus
Ait atteint du poignard les jours de Darius ?

CEPHIRE.

Codoman, à l'instant, dans ce bois solitaire,
Vient de suivre pour vous une route étrangère ;
Les assassins l'ont vu, soudain et l'ont saisi :
J'ai vu qu'à ses regards ils ont d'effroi pâli,
Et l'ont chargé de fers qui souillent l'innocence,
Quand l'affront n'en a point une juste vengeance.
Succombant à ce coup, dédaignant son malheur,
Plaignant ceux qu'il voyait partager sa douleur,
Les priant de le fuir, la face contre terre....
Ah ! si vous eussiez vu votre malheureux père,
Descendre de son rang si pompeux autrefois,
Qui jadis à l'Asie avait voulu donner des lois,
Tel qu'un simple mortel couché sur la poussière,
Prêt à se voir ravir un reste de lumière....

STATIRE.

Dieux ! souvent l'infortune aura le même sort.
Darius.... C'en est fait, l'amour est le moins fort.
Tu n'est plus. Ah ! pardonne une triste princesse.
Oui, ta fille gémit d'un moment de faiblesse.
Alexandre, ah ! cruel, pour comble à ma douleur,
Codoman qui n'est plus augmente mon malheur,
De quel œuil vas-tu croire, en courant le défendre,
A mon cœur désormais avoir lieu de prétendre ?
Ah ! comptant le sauver, à l'amour tu te rends ;
Mais Darius expire, et c'est où je t'attends.

Pour mettre un terme aux traits que ta fureur m'atteste,
Tu n'as pu m'écouter qu'en ce moment funeste,
Quand je t'avais déja fait voir tout mon tourment.
Ah! fallait-il attendre à cet affreux moment?
Ah! ma crainte, cruel, seule eût dû te suffire;
Je te hais d'autant plus, que Darius expire,
Et que tu cours trop tard l'arracher à l'horreur....

CEPHIRE.

A quel emportement livrez-vous votre cœur?
Songez....

STATIRE.

Je songe aux maux que sa main me prépare.

CEPHIRE.

Il n'est point un cruel.

STATIRE.

Il est plus qu'un barbare.
Je n'attends rien de lui, son secours m'est affreux....
Mais que fait Alexandre?

CEPHIRE.

Un effort généreux
Le fait, courir, madame, aux plus profonds abîmes.
On dirait qu'il est né pour en punir les crimes:
Cherchant les assassins à pas précipités,
Ses soldats avec lui volent de tous côtés.
Dans les replis affreux de ces cavernes sombres,
Que l'on dit habités de la mort et des ombres,

Œ mortel téméraire, en leur jour effrayant,
Y porte le premier son œil étincelant.
On dit, madame, on dit qu'on a vu sur sa tête
Le garant assuré d'une grande conquête.
Un être descendu du séjour éternel,
Dans une aigle fait voir l'ordre d'un immortel ;
Et le reste des siens, passé ces monts arides,
Attaquant les Persans, cherche les parricides.
C'est assez vous en dire, ah ! souffrez pour vos jours,
Que j'aille être témoin, des bontés, des secours,
De ce cœur généreux que le péril rassure,
Et qui porte sa gloire où finit la nature.

STATIRE.

O Dieux ! qu'à ce récit qui me glace d'effroi,
Qu'éprouvé-je ? d'où vient.... et soudain, qui dans
      moi....
Que mes vœux soient toujours pour le soin qui l'anime,
Qu'il soit humain et juste autant que magnanime.
Par autant de vertu jointe à tant de valeur,
Quel comble d'infortune accable le bonheur ?
Quel ensemble inouï, de crimes, de courage ?
De meurtres, de complots, de forfaits, de ravage,
Dans un tel ennemi conquérant de ces lieux,
Vainqueur de tant d'états ? quelle fermeté, dieux !...
Grandeur d'âme ! ô vertu, quand le méchant t'opprime,
Puisses-tu n'en jamais devenir la victime ?

SCÈNE IX.

CEPHIRE, STATIRE.

CEPHIRE.

Ah! madame, pour vous quel comble du malheur,
Ciel! qu'il va vous causer la plus vive douleur;
Pour l'infortune, ô Dieux! de ses maux accablée,
J'en partage avec vous la mesure comblée,
Mais! puisqu'elle est ainsi, sachez-en le tourment.
Hélas! la reine touche à son dernier moment.

STATIRE.

Elle! Dieux! et ma main ne l'a pas prévenue?
Qu'as-tu fait du poignard?

CEPHIRE.

                        De douleur abattue,
Elle n'a point, madame, eu ce cruel recours,
D'elle-même la mort venue à son secours,
A fini ses malheurs, et terminé sa vie.

STATIRE.

Et de la mienne, ô Dieux! elle n'est pas suivie!
Et le sort un moment épargne encor mes jours,
Et je ne puis moi-même en terminer le cours.

Qui peut donc me donner un effort si coupable,
De survivre un moment au regret qui m'accable?
Tonnez sur moi, grands Dieux! il est tems de punir,
Celle à son ennemi qui n'eut point dû s'unir,
Et que le sort enfin sur ma foible existence,
Finisse de mes jours la faible résistance,
Mais quelle ombre glacée à moi s'offre soudain!
Est-ce encor sur mon sort quelques coups du destin?
O mon sang, ou plutôt ma malheureuse mère?...
De ce tableau frappant quelle horreur pour moi chère!
Désormais quelle voile a caché ses regrets?

SCÈNE X.

L'ombre de STATIRA, STATIRE,
CEPHIRE.

L'ombre de STATIRA derrière une gaze, ou sur le
théâtre.

MA fille! oui c'est moi-même à vos yeux qui parais.
Tout finit à son terme au séjour de la vie,
J'ai terminé mes jours, fille par moi chérie.
Où règnent les horreurs et les assassinats,
L'ambition finit aussi les scélérats,
Bessus y doit périr par Alexandre même.
Hélas! soyez heureuse; ô que l'homme est extrême?
Il ne sait se régler, sa modération
Est le meurtre, le crime et son ambition,
Où la soif de régner, le vice et l'injustice,
Sous ses pas teints de sang lui font un précipice.

Hélas! pourquoi faut-il que même la vertu,
Subisse un pareil sort quand son terme est venu?
Mais par son seul éclat c'est aux cieux quelle brille;
Pour la dernière fois, adieu ma chère fille.

(*L'ombre disparoît.*)

STATIRE.

O ma mère.... Grands Dieux.... Mon cœur succombe,
        hélas!....

CEPHIRE.

A ce crime du sort qui cause son trépas,
Calmez tant de douleur, s'il vous ôte une mère,
Le juste ciel! au moins sauvera votre père,
Hélas! n'en doutez point, et votre défenseur,
Ce terrible Alexandre, enfin, votre oppresseur,
Mes yeux en sont témoins, ma bouche le répète,
Vole.... Et pour vous défendre il n'est rien qui l'arrête
Au milieu des horreurs du crime et de la mort,
En appelant les Dieux, en invoquant le sort,
S'en prenant à ses coups, s'en prenant à lui-même,
Hors de lui, transporté dans sa fureur extrême,
Sur le meurtre, l'effroi, le ravage et le sang,
Il jure de Bessus de déchirer le flanc,
Combine où dans son cœur son glaive prendra place,
Et cherche de ses pas la plus horrible trace.

STATIRE.

Dieux! quel bruit à ce trait pour mon cœur éperdu
D'armes me fait ouïr un son mal entendu?....

CEPHIRE.

Je souffre, comme vous, juste ciel ! à l'entendre.

DARIUS, *derrière la scène.*

Scélérat de tes coups je ne puis me défendre.
Quoi ! de ta main....

STATIRE.

Qu'entends-je? et quels cris de douleurs !

DARIUS.

Bessus, traître, ton Roi.

STATIRE.

Ciel !

CEPHIRE.

O comble d'horreurs !

STATIRE.

De Darius, ô Dieux ! pour comble de misères,
Hélas ! ce sont pour moi les paroles dernières?
Le coup est trop certain, je n'en puis plus douter,
Le scélérat Bessus vient seul de le porter ;
O séjour de l'horreur, ô gouffre de l'abime,
Hélas ! entrouvez-vous, prenez votre victime.
Dieux ! j'entends Alexandre, et ses pas furieux,
Ne m'annoncent que trop des traits trop odieux.

SCÈNE XI.

ALEXANDRE, CLITUS, STATIRE, CEPHIRE, SOLDATS GRECS.

ALEXANDRE, *avec précipitation.*

Ou vais-je, je frémis ? jour cruel, jour terrible,
N'ai-je pu prévenir ce coup affreux, horrible ?
N'ai-je pû t'empêcher, odieux scélérat....
Punir dans ton vil sang ton lâche assassinat ?
M'en souiller à loisir dans ton flanc détestable ?
Mais du moins par un coup bien plus abominable,
Clitus, l'accable-t-on du plus affreux tourment.

CLITUS.

Il en a de ma main reçu le châtiment.

ALEXANDRE.

Que des monstres des bois pour horrible torture,
Son corps soit en lambeaux de leurs dents la pâture,
De mille coups affreux par morceaux déchiré,
Qu'à long trait expirant il y soit dévoré,
Que ses traces par-tout effrayantes impies,
Y présentent son âme en horreur aux furies,
Qu'aux antres souterrains le séjour des enfers,
Il y soit la terreur et l'effroi des pervers.

Ah ! de ce fer, princesse, achevez dans moi-même....
Ô ciel ! elle succombe à sa douleur extrême ;
Et moi, dans ce moment, à ses yeux déchiré !
Du plus mortel remord je me sens dévoré. . . .
Courons à Darius. . . .

CLITUS.

Ah, Seigneur, on l'amène.

ALEXANDRE.

Dieux ! que vois-je, Clitus ? il se soutient à peine !
Plus percé plein de sang que n'est l'assassinat,
Dans quel état affreux le laisse un scélérat ?
Moi qui n'ai vu qu'horreur, que meurtre et que carnage,
J'ai pitié de son sort et pleure son courage.
Dans cet affreux instant quel aspect pour mes yeux....
Je vois avec horreur ces exécrables lieux.
En vain ayant couru pour empêcher un crime,
Je participe, hélas ! au rang de la victime.
Où suis-je, quel moment, et quel regret affreux ?....
Ah ! princesse.... Mais.... Ciel....

STATIRE, appercevant Darius.

Mon père, justes Dieux !

8

SCÈNE XII ET DERNIÈRE.

DARIUS, ARTABASE, CORMAS *et*
les acteurs précédens.

DARIUS, *soutenu par les siens et des soldats*
grecs.

Oui, vous voyez, ma fille, un père qui vous
　　　aime,
Vous le voyez mourant, hélas, et c'est lui-même.
Sur un funeste bruit dont j'ai trop cru le cours,
Je courois vers ces lieux pour délivrer vos jours,
Un lâche, un assassin a terminé ma vie.

ALEXANDRE.

O Dieux! pardonnez-en à mon âme ennemie,
Ce coup dont je n'ai pu prévenir la fureur,
Vous voyez mon regret, mon trouble, ma douleur,
Ah! m'en voyant cent fois plus percé que vous-même,
Pourrez-vous accorder à ma douleur extrême?....

DARIUS.

Oui, je le dois, seigneur, vous m'avez secouru.
En me rendant à vous, je vous aurois connu.
Ainsi que moi; ma fille, aux bontés d'Alexandre
Vous devez ce pardon auquel il doit prétendre;
Mais votre mère ici.... pourquoi dans mon malheur....

STATIRE.

Ah! Cephire....

CEPHIRE.

La reine est morte de douleur.

ALEXANDRE,

Clitus, qu'entends-je, ô Dieux!

DARIUS.

Ah! je vais donc la suivre.

STATIRE.

Avec elle, avec vous je dois cesser de vivre.

DARIUS.

Non, ma fille, vivez: sur vos jours votre main
Serait le coup affreux d'un courage assassin.
Vous, seigneur, qui voyez ma triste destinée,
Du mourant Darius l'image infortunée,
Puis-je à vous désormais m'expliquer un moment ;
J'en éprouve à vos yeux le plus cruel tourment.
Vous saurez (puissiez-vous, non comme moi, l'ap-
      prendre!)
Jusqu'où va notre espoir, quand on court se dé-
      fendre.
Ah! vous ressouvenant d'un prince malheureux,
En rendrez-vous, au moins, mon sort moins ri-
      goureux?

8 *

Ma fille , dont ma mort augmente la misère ,
Fléchira-t-elle , en vous un reste de colère ?

ALEXANDRE.

O ciel ! en doutez vous , à ce trait odieux ;
Quel seroit le courroux qui blesserait les Dieux ?

DARIUS.

Il suffit. J'ai vécu , du malheur la victime ,
Le sort m'accorde encore un moment qui m'anime.
Regnez sur des climats que laisse ma douleur ;
Mais pour les conserver lisez dans mon malheur.
Soumettez moins d'états à vos armes propices :
Une fatalité nous fait suivre leurs vices.
Ecoutez mes conseils , ils sauveront du tems
Une mort qui serait , dans vos égaremens ,
Un châtiment funeste à vous , à ma famille ,
A la Grèce , à l'Asie , ainsi qu'à vous , ma fille.
Hélas ! par mon trépas qui vous sert de leçon ;
Des perfides humains ayant bu le poison ,
Seigneur , je reconnais que la vertu flétrie ,
Par les traits du méchant se voit souvent ternie.
Le crime et la noirceur la terrassent en vain ;
Et je l'ai pu moi-même accabler de ma main !
Mais elle m'est , ce jour , dans ces lieux apparue ;
Et par la voie d'un sage elle vous est connue.
Sur ce mortel , seigneur , jetez pour moi les yeux.
Réparer un affront , c'est révérer les Dieux.
Il fût persécuté , c'est un indigne outrage ;
C'est le sort d'un grand homme , et c'est le sort du sage.

Soulagez..... Mais la mort qui déjà suit mes pas,
Vient rouvrir à mes yeux les portes du trépas.
Voilà le sort des rois et leurs peines extrêmes,
D'être trompés, trahis, de se tromper eux-mêmes.
Sujets bien malheureux, soumis à leurs fureurs,
Condamnez leurs excès, en pleurant leurs erreurs.
Vous Persans trop témoins de la scélératesse,
En éprouvant du sort la force vengeresse,
Rendez grâce au vainqueur dans ses sanglans instans,
Du soin qu'il a tant pris de mes tristes enfans,
Je meurs content du moins puisqu'à ma dernière heure,
Je vois plus d'un ami qui gémit et me pleure,
D'Alexandre admirez aimez la juste loi,
O mon frère Oxatrhès soit plus heureux que moi !
Je me sens entouré d'un voile de ténèbres,
Ma fille, épargnez-vous toutes pompes funèbres.
Si de la vérité l'on eût frappé mes yeux,
Votre père, sans doute, eût été plus heureux.
Vertueux.... ciel ! je meurs.....embrassez-moi, ma fille.

ALEXANDRE.

Dieux ! Clitus, il expire.

STATIRE.

O sort de ma famille !
Sort, dont pour moi les coups ont de cruels appas,
Anéantis mes jours dans la nuit du trépas.

ALEXANDRE.

Princesse, et dans ce cœur encor bien peu coupable,

Joignez-y de nouveau ce regret qui m'accable,
Et voyez comme vous....

STATIRE.

Sans doute comme moi,
Dans un père pleurez le malheur que je voi.
Si votre âme ne fut que fière et non cruelle,
Pourrez-vous adoucir cette douleur mortelle,
Et quels que soient en vous l'amour et la vertu,
Hélas ! me rendrez-vous tout ce que j'ai perdu !

ALEXANDRE.

Sans doute, en le pleurant, au sein de Babilone,
J'y vais faire en tout point ce que sa mort m'ordonne,
Et vous montrant combien j'ai peu haï son sang,
Vous y rendre du moins et son trône et son rang.

Fin du cinquième et dernier acte.

ERRATA.

Page 15, vers 12, A joint sans cesse, *lisez* : Sans cesse a joint.

Page 16, vers 9, n'eusse, *lisez* : n'eus.

Page 25, dernier vers, ajoutez les quatre vers qui sont après le huitieme de la page 26 qui commencent ainsi : La parenté n'est rien, etc : dites après ceux qui commencent le haut de la page.

Page 27, vers 5, la *lisez* : sa.

Page 29, vers 13, sang, *lisez* : rang.

Page 30, vers 3, destin, *lisez* : malheur.

Page 31, vers 1 : C'est aussi par ces dignes, *lisez* : Cependant ce sont de tels.

Vers suivant : Quoique vous en disiez, *lisez* : Qu'à répandu par-tout.

Vers d'après fait, *lisez* : sont.

Et vers 23, sans vous dire de plus d'oublier, *lisez* : Vous avez dès long-tems oublié le.

Page 33, vers 14, aisément me chasser du sein de, *lisez* : Me laisser par faveur régner dans.

Page 35, vers 16, aisément, *lisez* : A tout rang ; et vers 23, un ami, *lisez* : jusques-là.

Page 36, vers 11, crus l'avoir, *lisez* : cru la voir, vers suivant, s'abaisser, *lisez* : rabaisser.

Page 39, vers 8, dissiper, *lisez* : dissipez.

Page 41, vers 2, et, *lisez* : de.

Page 43, vers 21, second du nom, *lisez* : et Sogdien.

Page 53, vers 12, Oui, vous le revoyez, *lisez* : Oui, regardez-moi bien.

Page 56, vers 11, fut-ce assez d'honnorer, *lisez* : Combien j'en honoral.

Page 63, vers 16, qui se vit, *lisez* : toujours tel.

Page 64, vers 25, fut-ce, *lisez* : certes.

Page 65, vers 9, quelle est là, *lisez* : quelle là, vers 1. ami, *lisez* : égal. Et vers suivant, il m'en fallait quelqu'un, *lisez* : Il fallait des amis.

Page 66, vers 23, et l'égarement, *lisez* : en m'égarant.

Page 68, vers 7, prête, *lisez* : prêtez.

Page 73, vers 23, a, *lisez* : pour, et vers suivant, d'elle, *lisez* : de moi.

Page 74, vers 16, à l'éclair, *lisez* : aux enfers, et vers suivant, de l'enfer, *lisez* : entr'ouverts.

Page 77, et quelle voix ma fille, *lisez* : Ma fille et quelle voix.

Page 80, vers 5, votre, *lisez* : à ; et vers suivant, à ses jours, *lisez* : des jours trop.

Page 106, vers 10, est : *lisez* : n'est.